살짜쿵 휴양림

살짜쿵 휴양림 (큰글씨책)

초판 1쇄 발행 2025년 5월 28일

지은이 조혜원
펴낸이 강수걸
펴낸곳 산지니
등록 2005년 2월 7일 제333-3370000251002005000001호
주소 부산시 해운대구 수영강변대로 140 BCC 626호
전화 051-504-7070 | 팩스 051-507-7543
홈페이지 www.sanzinibook.com
전자우편 sanzini@sanzinibook.com
블로그 sanzinibook.tistory.com

ISBN   979-11-6861-474-1 03810

살짜쿵

휴양림

조혜원 지음

급할 것 없잖아,
천천히 걷다 보면
새길이 보이니까

산지니

지금까지와는 완전히 다른, 새로운 삶을 찾아

적당히 가난한 딩크족이자 서른 명 안팎인 회사에서 가장 젊은 부장이었다. 자유로운 일 중독자로 살던 이 여자가 30대 끝자락에 일을 냈다. 새봄을 앞두고 불쑥 퇴사를 한 것. 본인은 물론이고 동료들까지 모두 놀라게 한 행동을 감행한 주인공은 바로 나. 10년 가까이 다닌 직장이었다. 좋아하는 일이었고 뜻 맞는 동료들과 함께할 수 있으니 더 바랄 게 없었다. 내쫓기지 않는 한 평생 다니고 싶다고 생각했다.

사는 일이 생각처럼 잘 안 굴러간다. 그 좋던 회사가 너무 미워지는 일이 생겼다. 온갖 번뇌에 몸과 마음이 부들부들 떨렸다. 못 본 듯 안 들은 척하며 버티고 견뎠어도 됐으련만. 그때는 못 참겠더라. 당당히 사표를 내밀었다. 다른 일거리는 알아보지도 않은 채. 이것은 우연인가, 필연인가.

남편은 나보다 한발 앞서 하던 일을 정리한 상태였다. 그이 또한 열정을 다해서 꾸려온 일이자 활동이었다. 쉬겠다는 남편을 적극 지지하면서 '나라도 열심히 벌어야지!' 굳게 다짐한 때가 얼마 되지도 않았건만. 뜻하지 않게 동반 백수가 되어버렸다.

적게 벌어도 마음만큼은 풍요롭게 살아온 우리 부부. 서로 번갈아 일을 내려놓은 적은 있지만 같은 시기에 그만둔 건 처음이었다. 얼떨결에 생긴 둘만의 자유시간. 마냥 흘러가게 두고 싶지 않았다. 삶의 전환점으로 삼아야겠다는 오기가 발동했다. 먹고살 고민은 나중으로 미루고, 선물처럼 다가온 이 시간을 알차게 보낼 궁리부터 시작했다.

가장 먼저 떠오른 것은 여행이었다. 금과옥조처럼 여기던 일을 애면글면 그만두는 과정은 생채기가 컸다. 몸과 마음에 쉼이 간절했다. 상처 입은 두 영혼은 자연스럽게 힐링 여행을 추진하기로 마음을 모았다. 그리고 또…. 남몰래 간직해 둔 우리의 오랜 소망을 조심스레 꺼내보았다. 바로 귀촌이다.

평생을 바칠 것처럼 사랑하던 일터를 제 발로 떠난 나. 새로운 직장을 구할 자신은 솔직히 없었다. 하는 일은 달랐지만 사십 대 중반에 이른 남편 처지도 비슷했다. 지금까지와는 완전히 다른, 새로운 돌파구가 필요했다. 드디어 때가 온 것이라고 마음을 모았다. 우리 부부의 마지막 일터는 자연이 될 것이고, 되어야만 한다고! 몸과 마음을 쉬게 하는 힐링 여행에, 귀촌할 곳을 알아보는 목표까지 더해졌다. 가슴이 벅찼다.

직업을 잃은 후유증에 시달릴 틈도 없이 설레는 하루하루가 시작됐다. 이삼일 떠났다가 일주일쯤 집에서 쉬고, 그러다 또 여행길 나서기. 이런 생활이 다섯 달 넘게 이어졌다. '힐링과 귀촌' 두 마리 토끼를 잡기 위한 부부여행단의 모든 일정은 남편이 짰다. 어느 영화배우가 시상식에서 했던 말 비슷하게, 나는 잘 차려진 '여행 밥상'을 꿀떡꿀떡 잘도 받아먹었다.

남편이 내민 행선지에는 전국에 자리한 휴양림이 하나씩 꼭 들어 있었다. 자연과 더불어 쉬면서 산천을 두루 맛보는 재미까지 안겨줄 최적지란다. 사실 나는 그전까지 휴양림이란 것이 있는지도 모르고 살았다. 평일에는 회사와 집을 다람쥐 쳇바퀴 돌듯 오갔고, 주말에는 허리 늘어지게 자기 일쑤였던 나날들. 가까운 곳에 나들이한 추억마저도 손꼽을 정도였다. 그런 나에게 휴양림은 신세계처럼 다가왔다.

첫 여행지인 운장산자연휴양림을 시작으로 덕유산자연휴양림, 지리산자연휴양림, 천반산자연휴양림, 와룡자연휴양림, 통고산자연휴양림, 대관령자연휴양림, 용현자연휴양림, 방화동자연휴양림…. 대부분 산속에 둥지를 틀고 있었고 풍광이며 운치가 끝내줬다. 산길인 듯 아닌 듯 아늑하게 펼쳐진 공간들이 우리를 반겼다. 잠자리도 마음에 쏙 들긴 마찬가지. 숲속의 작은 집처럼 아담한 숙소는 내 집에라도 온 것처럼 편안하고 푸근했다. 웬만한 모텔보다 값도 싼 편이었으니(공립이나 사립 휴양림은 국립보다 조금 비싸다.) 가진 것 적은 우리 부부에게 참으로 어울리는 쉼과 힐링의 장소였다.

다 좋았는데 문제는 휴양림으로 가는 방법이었다. 자가용이 없으니 대중교통과 튼튼한 두 다리만 믿고 여행을 떠나야 했는데…. 고속버스에 몸을 싣고 여행지에 이르는 순간부터 고난은 시작됐다. 시골 버스는 하염없이 띄엄띄엄 오고, 운 좋게 탔다 해도 휴양림까지 우리를 실어주는 경우는 없었다. 걷고 또 걸었다. 길을 잘못 들어 낯선 땅에서 미아처럼 헤매거나, 식당 하나 찾지 못해 배를 쫄쫄 굶기도 부지기수였다.

어디 그뿐이랴. 보통 2박 3일 여행에 휴양림 숙박은 대체로 하룻밤만 잡았다. 나머지 일정은 현지에서 무작정 숙소를 찾을 때가 많았다. '설마 우리 두 사람 몸 누일 곳 없으랴'는 무대책 정신은 가는 족족 서럽게 무너지곤 했다. 준비 안 된 철없는 여행객의 잠자리 구하기 모험. 생각만 해도 가슴 떨리는 우여곡절이 차곡차곡 쌓여갔다.

분명 쉬려고 떠났는데 어느새 고행길을 걷고 있던 우리 부부. 그럼에도 마음보다 몸이 먼저 움직이기를 원했다. 무작정 걷기 여행이 준 매력에 시나브로 빠진 덕분이다. 모르고 떠났기에 할 수 있던 무시무시한 금강 트레킹, 오지나 다름없는 마실길을 무식하게 돌진하던 시간. 휴양림에서 마을로, 산을 지나 강으로 종횡무진 펼쳐진 여정은 제아무리 힘들어도 끝내는 잊을 수 없는 짜릿함을 선사했다. 지도에는 있지만 실제로는 없는 것과 다름없는 길, 그런 불확실성 속에 반전과 스릴로 다가온 뜻밖의 이야기들. 우연이자 행운처럼 다가온 공간과 사람들을 마주하며 행복에 겨워 어쩔 줄 몰라 하기도 했다.

목적지를 찾지 못해 헤매던 그 낯선 길들을 온몸으로 꾹꾹 밟고 디디는 순간순간. 눈에 스치고 귀에 흐르는 자연의 몸짓과 소리들이 몸과 마음에 찬찬히 스몄다. 기약 없는 걸음 앞에서는 나약한 내면을 온전히 들여다보는 시간을 가져보기도 했다. 처음 보는 인연과 막걸리 잔 주고받으며 사는 이야기 건네고, 언제 올지 모르는 차를 함께 기다리며 농산물부터 마음속 이야기까지 털털하게 나누는 시골 인심은 지친 여행객을 따스하게 보듬어주었다. 계획대로 일정이 굴러가지 않은 날일수록 본 것, 겪은 것, 만난 이들이 한 겹 두 겹 포근하게 두터워졌다. 여행을 통해 서울이라는 '우물' 밖 세상을 엿보았고 나를 가로막던 좁은 문이 살짜쿵 열리는 경험을 잔잔히 누릴 수 있었다. 걸어서 휴양림까지 찾아가는 모든 여정이 곧 '휴양'이었다.

한창 여행을 다니던 그때, 딱 한 번 아는 사람 자가용을 얻어 타고 휴양림에 간 적이 있다. 무척이나 편했던 그만큼 몸과 마음에 새겨진 이야기들은 조금 헛헛했다. 잘 놀고 푹 쉬었건만 뭔지 모를 아쉬움이 남았더랬다. 2023년 3월 현재 전국에 자리한 휴양림은 171곳이나(부록 참조) 된다. 인천부터 경기, 강원, 충북, 충남, 대전, 세종, 전북, 전남, 대구, 경북, 경남, 부산 그리고 제주까지. 우리나라 모든 지역에서 각양각색 휴양림을 만날 수 있다. 차 없이 가려면 어려운 곳들이 여전히 많겠지만, 자가용 있는 사람도 없는 이도 한 번쯤 도전해보면 어떨까. 대중교통이 허락하지 않는 나머지 길을 두 다리에 온전히 기대어 걸어가기. 땅과 하늘에 나를 맡긴 채 오롯이 걷는 자에게만 주어지는 변화무쌍 이야기들이 알차게 기다리고 있을 것이다.

바라건대 하루하루가 엉킨 실타래처럼 풀리

지 않을 때, 마냥 주저앉아 있기보다는 훌훌 털고
서 어디로든 잠시 떠날 수 있기를. 퍽퍽한 삶을 눅
여줄 녹색 완충지대가 곳곳에서 기다리고 있을
터이다. 마음 깊이 바라고 또 믿어 마지않는다. 자
연이 내어주는 쉼과 평화는 시간이 지나도 변하
지 않는 깊이와 넓이가 있으리라고. 그 너른 품으
로 누구든 너그럽게 받아안아 줄 것이라고….

2023년 내 안에 봄을 들이며
조혜원

차례

1장

퇴사 기념 힐링 여행의 시작
운장산자연휴양림

준비 안 된 철없는 여행객이라도 괜찮아

　퇴사 기념 힐링 여행의 첫 당첨 지역은 전북 진안! 이름이야 들어봤지만 가본 적은 없는 곳이다. 사실 진안 구경보다는 운장산자연휴양림이 일차 목적이었다. 막 회사를 그만둔 때라 그저 쉬고 싶은 마음이 컸기 때문이다. 남편은 힐링도 하고 귀촌할 곳도 알아볼 겸 진안으로 여행지를 골랐단다. 준비 안 된 철없는 여행객일지라도 당신과 함께라면 어디든 좋으니까, 나는 좋아!

　서울 남부고속터미널에서 버스를 타고 진안터미널에 도착. 세 시간쯤 걸린 듯하다. 남편 덕분에 '진안고원'이란 이름도 처음 알았다. 높은 지대에 자리한 곳이어서 그런 이름이 붙었다고 하더군. 제일 먼저 마이산을 찾았다. 서로 등지고 있는 두 개의 산봉우리 모습이 말의 귀와 닮아서 '마이

산(馬耳山)'이라고 한단다. 진안 읍내에서 버스를 타고 갈 때 저 멀리 산 모습이 보이는데 정말로 말의 귀처럼 생기긴 했다. 산 입구부터 사람들이 바글바글하다. 먹을거리 파는 곳도 많고. 그런 줄도 모르고 김밥을 사 갔지 뭐야. 전이며 도토리묵이며 맛난 음식들 앞에 두고 김밥을 꾸역꾸역 밀어 넣었다.

산을 올라야 하는 줄 알았는데 산책길처럼 편안한 길이었다. 설렁설렁 걷다 보니 탑사에 이르렀다. 저 앞에 만불탑이 보인다. 아무리 비바람이 몰아쳐도 절대로 무너지지 않는 탑이란다. 자연의 조화란, 아니 본성이란 알다가도 모를 일이 천지로구나. 탑을 쌓은 주인공은 1860년에 태어난 이갑룡 처사라는 분이다. 25살에 마이산에 들어와 수도하다가 신의 계시를 받고 탑을 쌓기 시작해, 무려 30년에 걸쳐 만불탑을 쌓았다고 한다. 어떤 마음으로 임했을지 짐작하기는 어렵지만 그 정성이 참으로 대단하다는 생각이 저절로 일어난다.

마이산을 빠져나와 다시 버스를 타고 진안 읍내로 돌아왔다. 차로 20분쯤 걸린 듯. 배부터 좀 채워야지. 우리 부부는 매의 눈으로 맘에 드는 가게를 찾아다녔다. 시골 읍내에만 있을 법한 분위기의 밥집을 찾는 것이 목표다. 딱히 맘에 드는 곳이 없어서 진안에 도착하자마자 미리 봐둔 가게로 갔다. 보일 듯 말 듯 벽 한 귀퉁이에 붙어 있는 소박한 간판이랑 글씨가 너무 맘에 들어서 점찍은 곳이었다.

조심스레 문을 열었다. 아주 작은 식당이다. 옛날 타일 조각까지 그대로 깔려 있다. 꽤 오래된 느낌을 주는 곳. 주인아주머니께 먹을거리로 뭐가 있는지 물으니까 "두부랑 계란 이런 거 있고, 해달라는 거 해주지 뭐." 하신다. 그 말씀대로 두부랑 계란 그리고 막걸리를 시켰다. 처음엔 두부김치나 달걀말이 같은 완성된 음식이 나올 거라 예상했다. 너무 많이 주문했나 싶기도 했다. 나온 음식을 보니 두부 한 모 부친 것에 달걀부침 두 장이다. 소박하고 담박한 모양새가 무척이나 맘에 들어 입이 째졌다. 막걸리도 기막히게 맛나다. 여행을 다니면 그 지역 막걸리를 먹어야 제맛일지니.

반찬이 떨어지면 곧잘 가져다주시는 주인아

주머니 인심도 참 고마웠다. 이런저런 이야기를 건네면 기다렸다는 듯이 이러쿵저러쿵하고 되돌려주신다. 자식들 다 키우고 혼자 이 장사 하고 있다는 이야기도 들었다. 오래 머물고만 싶은 밥집. 아쉬움을 접고 시골 인심 그득한 밥상을 말끔히 비우곤 길을 나섰다. 이젠 어디로 갈까. 경치 좋다는 주천면 쪽으로 가기로 마음을 정했다. 거기 가면 어디든 잘 데가 있겠지, 막연한 기대로 버스를 탔다.

생각만 해도 가슴 떨리는 이야기

주천면사무소 앞이라는 곳에 덩그렇게 내려서니 막막하다. 숙소는커녕 식당 같은 곳이 하나도 안 보인다. 날은 이미 어둑어둑하다. 생면부지 땅에서 처지가 말이 아니다. 잠자리를 구하고야 말겠다는 일념으로 눈에 불을 켜고 살폈다.

작은 가게가 하나 보여 얼른 들어갔다. 궁하면 통하나니, 젊은 주인이 숙소를 연결해준다. 아는 분이 운영하는 산장이란다. 택시로 데려다주기까지 한다니 이게 웬 떡인가. (나중에 알고 보니 택시 기사님이 가게 주인 아버지였다.) 가게에서 먹을거리 좀 사고서 차를 탔다. 십 분쯤 달리고 숙소에 도착.

휴가철이 아니라 묵는 사람은 거의 없는 듯했다. 뜻밖에 손님이 와서 주인 부부는 무척 반가운 듯했고(비수기에 조금이라도 번다는 게 기쁜 일이라는 걸 알겠더라.) 우리도 잘 곳을 찾아서 어찌나 기뻤는지. 방은 따뜻하고, 창문 밖 계곡 물소리도 잘 들리니 아주 맘에 드는 곳이다. 읍내 어느 모텔에 비하랴, 이 풍취와 기운을. 가게 주인 잘 만나서 정말 살았지 뭔가. 어떤 일에 닥치면 무조건 물어보고 볼 일이다. 버스에서 내려 무작정 걷기만 했더라면 정말 우리는 어디서 밤을 지샜을지…. 생각만 해도 가슴 떨리는 이야기다.

행운처럼 다가온 잠자리에서 하룻밤 잘 보내곤 '진안무릉도원'을 찾아가기로 했다. 정해진 시간 없이 자유롭게 다니는 중이니 그곳에 닿을 때까지 그저 걷고 또 걸으면 그만이다. 경치가 어찌나 좋은지. 간간이 오가는 차만 잘 피하면 산장에서 시작된 계곡길 걷기는 참 행복한 여정이었다. 그러다 '운일암 반일암' 표지판이 나온다. 예정에 없던 곳이다. 정처 없이 걷다 보니 이름난 휴양지가 우리 앞에 떡하니 기다리고 있었다. 마침 열린 가게도 있기에 컵라면으로 아침을 때웠다. 고로쇠물도 하나 샀고. 주인장한테 이것저것 물어보면서 무릉도원 가는 길도 알아냈다.

이것저것 산 덕분인지 주인아저씨는 친절하게 이런저런 말을 많이 하신다. 태권도공원 유치를 무주한테 졌다고 하시더니, "무주 사람들이 진안 사람들보다 좀 똑똑하지." 하면서 왠지 자괴감이 느껴지는 말씀을 하신다. 특히 댐(진안 용담댐, 전주 사람들의 식수)이 생기면서 아주 많은 진안 사람들이 전주로 넘어가 살게 됐다는 이야기를 안타까움 섞인 목소리로 들려주셨다. 이 아저씨는 여기서 죽 살았다는데 예전에는 한여름에도 시원했다고 한다. 지금은 그때보단 많이 더워졌다고. 이 고장과 얽힌, 의미심장한 이야기 몇 가지를 전해 듣고는 천천히 가게를 빠져나왔다.

하늘 높고 사람은 없는 '진안무릉도원'

'수준 높은 은둔문화', 진안에 들어서며 어느 안내판에서 본 문장이다. 이 글귀가 어떻게 나오

두근두근 설레는 맘으로
다다른 곳.
생전 처음 가보는
휴양림이었다.

게 됐는지 진안무릉도원 길을 걸으면서 조금씩 깨달을 수 있었다. 무릉지구로 들어가는 곳은 오로지 좁은 길 하나. 안쪽으로 숨어 들어가면 어지간해선 잡힐 일이 없는 거다. 그래서 예로부터 많은 이들이 길 좁고 산 깊은 이쪽으로 피신(또는 운신)을 했다고 한다.

무릉지구로 난 길을 따라 죽 올라가는데 경치가 정말 사무치게 아름다웠다. 진안은 지대가 높아서 물이 적을 줄 알았건만 곳곳에 멋진 계곡들이 끊임없이 이어졌다. 겨울이 채 가지 않아서 얼음이 언 곳도 있고, 눈도 보이고, 선녀라도 내려올 법한 맑은 물이 흐르고. 감탄에 감탄을 연속하게 만드는 물길이었다. 하늘은 높고, 계곡은 맑고, 사람은 없고. 정말이지 우리 두 사람은 이 길을 전세라도 낸 것처럼 마음껏 걷고 또 걸었다. 다리 아픈 줄도 모르고.

3월 하늘이, 3월 날씨가 준 선물을 담뿍 받으며 걷다가 어느 작은 마을에 이르렀다. 이젠 되돌아가야 한다. 더 나아갔다가는 아예 다른 고장으로 넘어가게 될 수도 있다. 내려가는 길은 버스를 타기로 했다. 조금 기다리니 차가 왔다! 그다지 외딴곳도 아니요, 그다음 목적지에 누가 기다리는 것도 아닌 것을. 버스만 보면 구세주라도 만난 것처럼 기뻤다. 올라올 때는 두 시간은 족히 걸린 그 길. 버스로 가니 십여 분 만에 금방이다. 자동차와 기계문명의 힘이란 정말 놀랍더라니.

생전 처음 가보는 휴양림이었다!

진안읍에 다시 도착. 미리 예약해둔 운장산자연휴양림으로 갈 채비를 했다. 다른 때 같으면 버스를 탈지 걸어서 갈지가 주요한 고민이었을 터. 갑자기 내 속이 좀 불편해지는 바람에 정말 큰 결심을 했다. 과감하게 택시를 타기로 한 것. 그전에 이것저것 먹을 걸 좀 샀다. 막걸리랑 참치, 과자, 라면, 햇반 등등. 휴양림에서는 밥을 해 먹어야 한다는데 걸어 다니는 우리로선 그 짐을 미리 준비할 여력이 안 됐다. 오로지 현지 조달, 간단한 먹을거리 위주로 어깨에 짊어질 수 있을 만큼만 챙겼다.

두근두근 설레는 맘으로 다다른 곳. 생전 처음 가보는 휴양림이었다! 사실 가기 전만 해도 휴양림이란 존재 자체를 몰랐다고 하는 게 맞을 듯. 남편이 긴 회사생활을 마친 나를 위해 준비한 선물이었다. 몸과 마음에 힐링을 주기 위한 장소로 선택한 것. 운장산자연휴양림은 국립이어서 값도 적절했다. 여느 모텔값보다 싸니 말 다했지.

관리소에서 열쇠를 받고 묵을 곳까지 걸어갔다. 겨울 냄새가 살아 있다. 하얀 눈이 드문드문 보이고 나뭇가지는 앙상하다. 일요일이라 그런지 사람이 거의 없기도 했다. 숙소까지 가는 길은 오롯이 우리 둘뿐이었다. 안으로 들어가면 갈수록 운장산이 얼마나 깊숙한지 느껴졌다. '은둔의 고장'이라는 말이 확인되는 장면들, 공간들. 아늑한 길을 걷고 걸어서 잠자리에 다다랐다. 어찌나 기쁘고 편안하던지. 깨끗한 방과 음식을 만들어 먹을 수 있는 주방까지. 마치 집에라도 온 것처럼 편안하고 푸근했다.

불편했던 속도 좀 가라앉고 남편은 무지 배가 고팠으므로 도착하자마자 라면부터 끓였다. 언제 속이 울렁거렸나 싶게 아주 맛나게 먹었다. 숙소 바깥으로 나가보았다. 어두운 공간이 주는 아늑함에 푹 빠져든다. 챙겨 간 음식은 다 먹었으니 누워서 텔레비전 리모컨을 이리저리 돌리다가는 잠이 들었다. 여행 가서 그렇게 빨리 잠들기는 아마도 처음이었을 거다. 참으로 아늑한 공간이었고, 시간이었다.

아침에 맑은 기운으로 일어나 차 한 잔 마시고, 짐 정리하고, 산책길 좀 걷고, 아침밥도 간단히 챙겨 먹고. 물 흐르듯 시간을 보내니 오전 11시경이다. 올 때야 택시를 타고 왔지만 갈 때는 걸어갈 마음이다. 몸도 마음도 한껏 편안해졌으니까. 열쇠를 돌려주고는 택시로 올라온 길을 걷기 시작했다. 역시 여행은 걷는 게 최고! 어제 못 보았던 풍경들을 눈과 마음에 담을 수 있으니 말이다.

또다시 진안읍에 왔다. 마지막 여정이 될 전주로 가기 위해서다. 전주 가는 버스는 자주 있었다. 차로 한 시간쯤 가더니 전주터미널에 도착했다. 그동안 대체 뭘 하고 지냈는지 전주도 처음 와보는 것 같다. 나도 참, 진정한 서울 안 개구리로 살았나보다.

"적당히 벌고 아주 잘살자"

터미널을 빠져나오니 전주 시내가 펼쳐진다. 가장 먼저 한 일은 바로 콩나물국밥 먹기! 전날부터 제대로 먹은 거라곤 라면 정도밖에 없는 우리 두 사람, 미리 알아본 밥집으로 찾아갔다. 유명하다는 전주 콩나물국밥은 얼마나 맛있을지 기대를 잔뜩 안고 입에 넣는다. 시원하고 얼큰했다. 무엇보다 오랜만에 밥을 제대로 먹어서 그것만으로도 뿌듯했으니. 배를 채운 우리는 전주 시장 쪽으로 찾아갔다. 그리로 왜 가나 했더니만 남편이 특별히 준비한(알아봐 둔) 공간이 있었다. 바로 전주남부시장. 그리고 그 안에 모여 있는 독특한 사람들의 알짜배기 공간.

전주남부시장 건물 맨 위층에 가보니 월요일이라 문을 많이 닫은 듯하다. "적당히 벌고 아주 잘살자." 어느 가게 셔터에 적힌 글귀가 마음에 콕 박힌다. 백수 부부한테 꼭 필요한 주문 같기도 하다. 이곳저곳 둘러본즉슨 여기는 단순히 장사를 하는 곳만은 아니라는 느낌이 팍팍 든다. 알아보니 청년이나 예술가들이 중심이 되어 함께 꾸리는 공간이라고 한다. 참말로 재미나 보이는 곳이 많았다. 가게 주인장들 하나하나 모두 만나보고 싶을 만큼.

남부시장에서 눈 구경 실컷 하고, 다음에 꼭 다시 오겠다는 마음도 굳게 다진 뒤에 다음 목적지로 발걸음을 옮겼다. 어디인고 하니 한옥마을! 이렇게나 한옥이 많은 줄은 미처 몰랐다. 길도 어찌나 아담하고 예쁘던지. 전통미라고 할 만한 기운들이 가득 흘러넘쳤다. 관광지가 다 그렇겠지, 했던 내 선입견이 와르르 무너지는 순간이었다. 한옥마을을 걷다가 본 전동성당. 로마네스크양식으로 건축되었다는데, 겉모습이 세련되게 멋있고 깊이가 있어서 완전 반해버리고 말았다. 보고 또 보아도 자꾸 눈길이 가는 그 아우라. 뭐라고 표현해야 할까. 1914년, 조금은 아득한 그 시절에 이렇게 멋진 건물을 지었다는 것도 믿어지지 않더라니. 천주교 신자는 아니지만 성당의 웅장하고도 아늑한 품속에 오래오래 머물고만 싶었다.

눈길 발길 이끄는 대로 거닐었더니 슬슬 날이 어두워지려 한다. 아담한 밥집을 찾아 지친 다리 쉬이고 고픈 배도 채운다. 이젠 가야 할 때가 되었구나. 남편이 여행 출발 전에 인터넷에서 전주에 대한 이모저모를 찾다가 '풍년제과'에서 만든 초코파이를 알아냈다. 내가 빵을 참 좋아해서 여긴 꼭 가야지 미리 마음먹었다. 빵집은 생각보다 쉽게 찾았다. 우와, 안에 들어서는데 초코파이가 산더미다. 빵 포장만 하는 사람도 여럿 보이더라니. 유명한 값을 할는지 궁금함을 안고 몇 가지 사보았다. 기차에서 두근두근 초코파이 개봉 박두! 이야, 정말 맛이 기가 막히다. 내가 미식가는 아니지만 적당히 달면서 촉촉한 게 많이 먹어도 느끼하지 않을 것 같았다.

빵 맛에 푹 빠져서 서울로 돌아가는 기차여행을 끝으로, 진안에서 전주에 이르는 2박 3일 여정은 끝이 났다. 그 짧은 시간에 본 것 먹은 것 겪은 것까지 두루 참 많다. 그러고 보면 여력 있을 때 어디든 떠나고 볼 일이다. 너무 많이 걸어서 다리가 아프고, 차멀미를 해서 속 고생도 하고, 숙소를 아슬아슬하게 구하느라 힘들기도 했지만 진안이라는 곳을 처음으로 느끼고, 그 깊은 물과 길에 마음을 빼앗기고, 운장산이 주는 엄중하고도 깊숙한 느낌을 만나고, 휴양림이란 곳에 처음으로 가

보고, 그 유명한 전주까지도 발을 디뎌본, 참 '처음'이 많은 여행이었다. 그 시간들이 너무 좋아서 우리 부부는 또 자꾸 떠나게 되었다. 그럼 다음 여행지는 과연 어디였을까?

2장

일단 걷고 본다!

덕유산자연휴양림

다시 꼭 가고 싶은 곳

진안과 전주에 다녀온 지 채 2주가 지나지 않은 때. 우리 부부는 무주로 떠났다. 귀촌할 고장으로 전라북도 어디쯤을 막연하게 생각하고 있었기에 진안에 이어 무주로 여행지를 고른 것이다. 이른바 '무진장(무주군, 진안군, 장수군을 함께 일컫는 말)'으로 불리는 곳들부터 찾아다니고 있는 것.

무주 하면 무주리조트 말곤 떠오르는 게 없었다. 가본 적, 물론 없다. 덕유산이 무주에 있다는 것도 이번에 알게 되었을 뿐이다. 지난번에 간 운장산자연휴양림이 워낙 마음에 들었던지라 이번 여행에도 휴양림 한 곳을 꼭 박아 넣기로 했고 덕유산자연휴양림으로 당첨!

무주터미널에 내린 시간은 오후 한두 시였나. 읍내를 살짜쿵 둘러본 다음 버스를 타고 덕유산

국립공원 입구에 내렸다. 넓다. 광활하달까. 평일인데도 사람들이 좀 있는 편이다. 역시 국립공원이라 다른 건가. 조금씩 올라갈수록 아늑한 산길이 나오기 시작했다. 맑은 공기 쐬며 차근차근 올라가는데 계곡들이 슬슬 제 모습을 드러내기 시작했다. 곧이어 너무나 아름다운 길이 우리를 기다리고 있었다. 사진으로는 도저히 담아낼 수 없는, 맑고 깨끗한 물과 산천. 정말 빼어난 풍경들이 이어진다. 옛날하고 아주 먼 옛날에 선녀든 신선이든 내려와서 한참을 올라갈 수 없게 만들었을 것만 같다. 계곡마다 연원을 설명해주는 안내판이 있어서 알아가는 재미도 쏠쏠했다. 덕유산이 참 괜찮은 곳이구나, 절로 느껴졌다.

'옛길'이라는 표지판이 가리키는 쪽으로 접어들었다. 감탄이 절로 터진다. 옛길이라는 말이랑 딱 어울리는 곳. 때 묻지 않은 계곡과 산길 분위기를 마음껏 맛볼 수 있었다. 물소리까지 더해진 산길 산책은 기분 좋기가 이루 말할 수 없다. 쉬엄쉬엄 걷다가 목 좋은 곳에서 막걸리 한잔. 계곡물 속으로 자맥질하며 사냥에 바쁜 새 한 마리가 보인다. 온몸이 검은데 몸집은 작다. (뒤에 알아보니 물

까마귀다.)

계곡의 아름다움에 폭 빠져서 중간중간 자주 물과 함께 시간을 보낸 나머지 백련사까지 가려던 계획을 접어야 했다. 시간은 오후 4시 조금 넘은 때. 이제부터 덕유산자연휴양림까지 걸어가야 한다. 어딘지 모르는 곳으로 가야 하니 어두워지기 전에 도착하려면 아쉬운 대로 발걸음을 돌려야 했다. 올라온 산길을 도로 내디디면서 "덕유산 계곡아, 다음에 꼭 다시 올게." 하고 인사를 했다. 정말 마음에 드는, 다시 꼭 가고 싶은 곳이다.

산을 빠져나와 휴양림을 찾아 걷기 시작했다. 근처 가게에서 먹을거리 사는 것도 빼놓지 않았고. 참, 김치를 좀 얻어볼까 했더니만 그냥 주지는 않고 팔아야 한단다. 사라니 살 수밖에. 김치를 한 봉지 담아주더니 처음엔 오천 원을 달라네. 생각보다 비싼 값에 사는 걸 포기하려 했더니만 삼천 원으로 깎아주신다. 가난한 여행자에게 이천 원이 어딘가. 손님 마음을 헤아려준 주인장님께 그서 고마울 따름.

서울 하늘에선 볼 수 없는 기막힌 하늘빛

짐 바리바리 싸 들고 길을 걸었다. 아직은 해가 있어서 다행. 언제쯤이면 휴양림이 나오려나 고대하고 고대하면서 길을 걸었다. 어딘지는 모르나 이 길대로 가면 나오는 것만은 확실하니만큼 두려울 게 없다. 다만 다리는 여지없이 아파온다. 등짝에 있는 짐도 무겁고.

하릴없이 걷고 또 걷는데 드디어 덕유산자연휴양림 모습이 드러난다. 입구에 우뚝 선 높은 장승. 활짝 웃는 얼굴이 재밌다. 물론 여기에 도착했다고 끝은 아니다. 이제부터 600미터는 더 가야하니까. 그래도 좋다. 어느 만큼 남았다는 걸 알았으니 이때부턴 힘들어도 힘든 게 아니다. 어딘가에 있겠지 하면서 막연히 걷는 스릴 못지않게, 얼마나 남았는지 확실히 알고 걷는 즐거움도 참 크다. 숙소 앞에 이르니 마치 집에 온 것 같은 편안함이 밀려온다. 휴양림이기 때문에 그런 걸까. 이제 더 안 걸어도 된다는 안도감만으론 설명이 안되는, 감싸는 듯한 포근함을 안겨준다.

이번에도 운장산자연휴양림에서 했던 코스

가 그대로 이어진다. 라면 끓여 배고픔부터 채우고는 흐드러지게 쉬면서 놀기. 음식이 소박해도 늘 배가 불렀고 뿌듯했으며 즐거웠다. 다만 전과 조금 달라진 점이 있으니 바로 고기! 전에 휴양림 갔을 때는, 체질에 안 맞아서 고기를 못 먹는 나 때문에 바비큐까지는 아니어도 고기 한 점 구워 먹지 못하는 남편이 슬쩍 안쓰러웠다. 이번엔 도전해봤다. 300그램쯤 되는 가장 작은 돼지고기를 산 것. 얇은 고기 석 장쯤 들었는데 결국 남편은 한 장쯤 먹는 데서 그쳤다. 몸집 큰 남자가 그것밖에 못 먹느냐고 했더니(그동안 그렇게 고기 먹고 싶어 했으면서) 혼자 먹으니까 아무리 산 좋고 물 좋아도 고기 맛은 없단다. 남은 고기를 어쩔지 고민이네. 소금을 비롯한 아무 양념도 없던 우리는 아까 산 김치와 섞어서 볶기로 했다. 이렇게라도 해서 가져가기로 한 것이다. 그릇 같은 것도 아예 없었기에 휴대용 컵에다가 그걸 담아두었다. 다음 날 어떻게든 먹을 수 있기를 바라면서.

자, 화창한 다음 날 아침. 여유롭게 일어나 숲길 산책을 나섰다. 햇살이 너무 좋다. 춥지도 않고 덥지도 않고. 숲에서 뿜어내는 이온이 몸에 속

속들이 들어오는 기분. 곳곳에 편안히 쉴 곳도 많다. 나무 꼭대기 사이로 비치는 파랗고 퍼런 하늘. "아, 어쩌란 말이냐 이 파란 하늘을. 아, 어쩌란 말이냐 이 벅찬 가슴을~♪" 노래가 절로 흘러나오게 만드는구나. 저 색깔 속으로 빠져들고 싶었다, 참말로. 서울 하늘에선 볼 수 없는 기막힌 하늘빛. 이번 여행이 준 어쩌면 가장 큰 선물.

숲길 산책까지 잘 마치고 유유자적 숙소를 나왔다. 같은 길인데도 올라올 때랑 내려갈 때 느낌이 또 다르다. 이젠 다시 무주 읍내로 나갈 차례. 섬진강 길을 걸을 수 있는 임실 쪽으로 갈 계획이다. 어느 정도 걷다가 버스정류장을 찾았다. 차를 타고 가는 길에 말로만 듣던 무주구천동을 보았다. 절경이, 세상에 그런 절경이 없었다. 버스에서 내리고만 싶은 멋진 계곡들. 덕유산에서 살짝 봤던 계곡은 저리 가라였다. 백제와 신라 관문이었다는 라제통문도 보았다. 역사 공부가 절로 되는구나. 무주구천동이 왜 그리 유명한지 잘 알겠더라.

버스 드라이브 잘하고서 무주터미널에 내렸건만. 이게 웬일? 여기서는 임실로 나가는 버스가 없단다. 서로 가까운 고장인데도 차가 없다니…
참 기막힐 노릇. 시골 교통의 한계를 몸소 체험하
게 되었으니. 어쩔 수 없이 진안으로 가게 되었다.
거기선 임실로 갈 수 있다고 하니까.

어둠을 뚫고 만난 불빛, 그곳에 사람이 있었다

무주에서 진안 거쳐 임실에 이르렀다. 치즈로
유명한 바로 그 고장! 터미널 옆에 기다란 냇물이
있다. 빨래하는 할머니가 보인다. 이때 지나가던
학생 한 명이 빨랫감 나르는 할머니를 돕는다. 너
무나 훈훈하고 인간다운 장면 앞에서 발길이 저
절로 멈췄다. '이래서 시골이 살 만한가 보다.' 감
동에 겨웠다.

임실 읍내 정류장에서 섬진강가로 가는 버스
를 무작정 탔다. 우리 목적지는 구담마을. 그 마을
근처에 내려서 적당한 잠자리를 구할 생각이었
다. 한데 이럴 수가! 임실군 끄트머리 어느 면사무
소 앞에 내렸는데 논밭들이 좀 있고 저 멀리에 집
들이 띄엄띄엄 보일 뿐이다. 근처에 아무것도 없
었다. 버스 탈 때만 해도 내릴 곳에 모텔이든 민박

집이든 뭔가 많을 거라고 기대했는데 영 아니었다. 이걸 어쩌지. 찻길을 터벅터벅 걸어가자니 차들이 씽씽 달리기 때문에 엄청 조심해야 한다. 하늘까지 마구 어두워진다. 묵을 만한 곳은 보이지 않고, 완전 진퇴양난. 아, 숙소를 미리 구하지 못한 서러움을 또다시 느껴보는 순간. 무섭고 걱정이었다.

그러나 구하면 또 열린다고 하지 않던가. 어둠을 뚫고 걸어가니 불빛이 하나 보인다. 뭔지 모르겠지만 가게 비슷하게끔 생겼다. '가서 뭐든 물어보자. 뭐가 됐든 먹기라도 하자.' 약국과 가게를 겸하는 곳이었다. 주인은 할머니, 할아버지 부부. "다른 곳은 불이 다 꺼졌는데 늦게까지 하시네요." 했더니, 여기가 집이라서 마음 내키는 대로 시간을 조절하신다나. 묵을 곳이 있느냐고 여쭈니 좀 걸어가면 모텔이 하나 있단다. 자기가 아는 곳이니 소개해주겠다면서 연락처를 이리 뒤적거리고 저리 뒤적거리다가 끝내 못 찾으셨다. 결국 114에 전화까지 해서 번호를 알아냈다. 모텔에서는 참말 고맙게도 차로 우리를 데리러 오겠다고 한다. 우와, 횡재를 했구나. (성수기나 휴가철 아닌 때

서울 하늘에선 볼 수 없는
기막힌 하늘빛.
이번 여행이 준
어쩌면 가장 큰 선물.

간 덕을 톡톡히 본 것이기도 하겠지.)

약국 겸 가게는 꽤 오래돼 보였다. 두꺼운 나무 책장에 약이 들어 있는데 주로 박카스나 건강음료가 많았다. 모텔에서 사람이 오기 전에 주인 부부와 이런저런 이야기를 나누었다. 할아버지가 오래전부터 농사도 짓고, 작은 가게랑 약국을 함께 꾸려가고 있단다. 순창과 임실 근처에는 빨갱이로 몰려 산에 숨어 산 사람들도 많았다고 한다. 할아버지 말씀에 따르면 우리가 서 있는 그곳이 임실과 순창 경계란다. 순창? '순창고추장' 할 때 그 순창까지 우리가 온 거라고? 믿어지지가 않았다. 이분들과 더 이야기를 나누고 싶었는데 시간이 짧았다. 가게를 뜨기 전 고마운 마음에 먹을거리를 좀 샀다. 꼭 다시 한번 가보고 싶은 약국이었다. 다시 뵙고 싶은 주인 내외였다. 우릴 구해주신 것 말고도 그분들 삶이 많이 궁금했으니까.

곧이어 우리를 데려갈 사람이 왔다. 냉큼 차를 얻어 탔다. 깜깜한 밤길이 이어진다. 혹여 여기 모텔이 있는 걸 알았대도 우리가 걸어서 찾아갈 수 있었을까 싶다. 고마운 마음 가득 안고 안전하게 숙소에 도착했다. 우리를 너무나 반가이 맞아주시는 주인아주머니께 라면 끓일 물이랑 김치까지 얻었다. 조금 늦은 밤, 어느 외딴 잠자리에서 허기진 배와 고달팠던 마음을 달래고 또 달랬다. 죽으란 법은 없구나, 하면서. 게다가 전날 볶아두었던 돼지고기도 아주 훌륭한 반찬이 되었나니. 여러모로 기분 좋은 밤이었다.

배고프고 다리는 아파도 기분만큼은!

다음 날 아침 깔끔하게 커피 한 잔씩 마셔주고 길을 나섰다. 마당까지 나와 깍듯이 인사하는 주인아주머니의 친절에 마음까지 맑아진다. 개운한 아침 섬진강이 주는 포근함과 정겨움에 빠져든다. 얼마쯤 걷고 나서 이곳이 순창과 임실 경계라는 것을, 더구나 우리가 묵은 모텔은 순창에 있다는 걸 똑똑히 확인할 수 있었다. 어느 다리를 따라가니 '순창군'이라는 표지 바로 앞쪽에 '임실군'이라는 표지판이 나온 것. 마치 38선 경계라도 넘는 듯, 작은 다리 하나로 순창과 임실 경계가 나뉘는 것을 몸으로 체험하니 기분이 몹시 묘했다. 땅 구분이 뭐 그리 필요할까, 생각하며 산길을 죽 내려왔다. 다음 목적지는 섬진강 길을 따라가면 나온다는 구담마을.

한 시간쯤 걸었더니 '덕치(섬진강)생태마을길'이라는 표지판이 나온다. 구담마을 표시도 있고. '음, 제대로 왔구나.' 안도감에 젖는다. '가는 길에 다슬기해장국 같은 거 하는 데 있겠지.' 침을 꼴깍 삼키기도 했다. 제대로 온 건 맞았으나 먹을거리만큼은 우리 생각과 달랐다는 걸, 두어 시간 넘게 걸으면서 알게 되었다. 가려는 곳을 잘 알지 못하면 어찌하리오. 굶는 것밖에 답이 없는 것을. 하지만 그것도 나중 일. 배고픔을 느끼기 전에 만난 풍경들이 내 마음을 커다랗게 채워주었다.

섬진강 하면 떠오르는 사람이 있다. 김용택 시인이 그 주인공. 섬진강 둘레에서 태어나 그곳에 살면서 아이들을 가르치고 시를 쓰는 분이다. 우리 부부가 걷는 이 길은 김용택 시인 생가로 이어진다. 조금 울퉁불퉁한 흙길도 있고 보도블록을 필요 이상 말끔하게 깔아 놓은 곳도 보인다. 그 길가에 김용택의 시가 새겨진 바위들을 곧잘 만날 수 있었다. 그나저나 그늘이 하나도 없다. 온전한 땡볕. 그나마 3월이라 다행이지 뜨거운 여름에는 과연 이곳을 걸을 수 있을지 모르겠더라. 길은 끊임없이 이어진다. 밥집 비슷한 것도 보이질 않네. 가방 속에 남아 있는 과자 쪼가리를 씹으며 배고픔을 달래본다.

평일인데도 어린이들 체험학습 겸 놀러 나온 사람들이 더러더러 보인다. 씽씽 달리는 자동차도 많네. 곳곳에 봄을 알리는 사람들 풍경이 보인다. 밭에서 일하는 분들이 많아진 것. 여행객티 빤히 나는 우리 모습이 왠지 죄송스럽다. 걷는 길이랑 밭 사이가 무척 가까워서 더 쑥스럽고 그랬다. 저 농부들은 논일 밭일하면서 이런 관광객들을 수도 없이 볼 텐데. 마음이 별로 안 좋을 것도 같다. 사람 마음이 그렇지 않겠나. 누구는 일하고, 누구는 놀고. 또 그 일이란 게 오죽 힘이 드는 농사일이 아니던가. 어디까지나 내 생각일 뿐. 본업(?)인 여행에 충실하고자 묵묵히 내 길을 걷는다.

시와 강이 있는 길가를 오붓하게 거니는 시간. 새봄을 맞아 새 생명들이 피어나는 모습이 가는 곳마다 펼쳐진다. 나무와 풀과 도롱뇽 같은 작은 생명체까지 우리를 반기는 듯하다. 나무 위에서 지저귀는 새들도 많다. 남편은 새를 참 좋아해서 이건 무슨 새, 저건 무슨 새 잘도 말해주네. 배고프고 다리는 아파도 기분만큼은 행복하고 또 행복했다. 여기서 아이들이 생태체험을 하는 까닭을 알 것도 같았다. 어린아이에서 너무 커버린 내 마음도 이렇게 촉촉하고 풍요로워지니까.

넉넉한 강물이 안겨주는 감동도 내 마음을 은은하게 적신다. 흐르는 물을 보면서 이런 생각을 했다. '김용택 시인이 그런 시들을 써낼 수밖에 없겠어. 나라도 시인이 됐을 거 같아.' 넓고 잔잔한 저 섬진강. 가만히 보고 있자니 무념무상이 절로 된다. 마음이 고요하게 차분해진다.

역시 현지인 말은 진리야

슬슬 구담마을이 가까워지는 듯하다. 이미 점심때가 넘은 시간. 드디어 가게가 보인다. 얼른 가서 대뜸 문을 열었다. 어쩌나, 잠겼네. 혹시나 해서 가게랑 이어진 옆 대문을 슬쩍 밀었다. 할머니 한 분이 계신다. 다행히 가게 주인이란다. 먹을 것 좀 사려 한다니까 자물쇠를 열어서 가게 안을 보여주신다. 사이다랑 식혜를 사고, 초코빵 한 상자를 샀다. 제대로 된 먹을거리가 있기를 바랐지만 이거라도 어딘가. 할머니 집 마당 구석에 걸터앉아 식혜랑 빵을 허겁지겁 먹는다. 휴, 좀 살겠다.

근처에 왜 이리 밥집이 없느냐고 할머니한테 여쭈었다. 오는 사람들이 다들 알아서 먹을 걸 가져와서 그렇단다. 그래서 가게 문도 잘 열지 않는다고. 아무것도 모르는 우리 같은 사람들은 굶는 수밖에 도리가 없지. 그나마 이 가게라도 있어서 참말로 다행이었다. 빵 몇 조각에 조금 힘이 생겨 다시금 몸을 일으켰다. 드디어 구담마을에 이르렀나니!

가까이 있는 정자에 올라가 이곳저곳 풍경을 훑어본다. 저 아래 움푹한 구덩이 같은 것이 보이네. 뭔고 하니, 닥나무를 삶던 솥이란다. 신기한 나머지 안내판을 정성껏 읽었다. 이곳 덕치면은 가내수공업으로 한지 만드는 것이 유명했단다. 여기서 자란 닥나무가 한지 원료였다고. 그러니까 내가 보고 있는 움푹한 구덩이에서 닥나무를 삶았다는 것이다. 삶은 닥나무 껍질을 벗겨 널찍한 바위(너벙바위)에서 방망이로 두드리고 물에 헹구었다나. 골짜기에서 흐르는 물이 맑고 깨끗하여 한지를 원색 그대로 만들어 낼 수 있었다는 설명까지 읽고 보니 마치 그때로 돌아간 듯한 기분이다. 처음 듣는 이름 '닥나무'를 기억해두기로.

물가에 발을 담그고 흐르는 물이랑 이야기도 나누며 시간을 보내다가 다시 움직일 채비를 한다. 이번에는 왔던 길 말고 건너편 쪽으로 가보기로 했다. 새로운 노정을 찾아가는 게 또 여행의 묘미 아니겠는가…. 이상은 높았지만 현실은 험난했다. 다 떠나서 사람이 다니는 길이 아닌 모양이었다. 너무나 거칠었다. 가다가 길이 끊겨서 험한 나무와 풀숲 사이를 헤치면서 다니기도 하고, 왔던 길 되돌아서 다른 방향을 찾기도 하노라니 가뜩이나 배고픈데 힘이 엄청 든다. 새로운 길은 무슨 개뿔! 올 때보다 힘도 시간도 배는 더 들어서야 정류장이 보이는 길가에 다다랐다.

표지판을 보아하니 임실군인 건 맞다. 건너편에서 일하고 있는 아주머니께 굳이 다가가 버스가 오느냐고 물었다. 온단다. 조금 기다리면 된다나. 이 땡볕에 몸 부리는 아주머니를 보니 좀 많이 걸은 게 뭐 그리 힘들다고 짜증 내고 그랬나 싶다. 내가 아직 힘든 걸 너무 모른다. 슬그머니 부끄러

살짜쿵 휴양림

움에 빠져들려던 순간, 아주머니 말씀처럼 버스는 정말 왔다. 역시 현지인 말은 진리야, 진리!

　버스에서 내려 식당부터 찾는다. 아침부터 그토록 먹고팠던 다슬기해장국을 먹기 위하여. 맛있는 집 고를 것도 없이 가장 먼저 보이는 데로 출동. 얼마 만에 먹어보는 밥이던가. 허겁지겁, 정말 맛나게 밥을 먹었다. 반찬까지 깨끗이 비우고(몇 가지는 추가도 하고) 식당을 나왔다. 읍내로 가야 집까지 실어줄 버스를 탈 수가 있다. 임실터미널에 다다르니 서울 가는 차가 있다. 저녁 7시 55분. 휴, 다행이다. 아직 해가 지지 않은 오후. 임실에서 보낸 알차고 힘겨운 하루를 몸과 마음에 새겨본다. 다시 오게 될 그날을 어슴푸레 기약하며.

3장

도저히 닿지 못할 것 같던 그 자리

지리산자연휴양림

가자, 지리산 정기 가득한 휴양림으로

"걷고 또 걸어라, 너의 천연 엔진이 다하도록."
이러한 각오 또는 열망으로 봄부터 시작된 퇴사
여행. 모든 일정을 남편이 준비해왔고, 나는 잘 차
려진 '여행밥상'을 염치없이 받아먹기만 했다. 이
번은 좀 달랐다. 처음으로 내 의지를 반영했다. 오
로지 '의지'만. 준비는 여지없이 남편에게 떠맡겼
으니까.

내가 던진 주제는 '반란의 고향'이라는 지리산.
회사 다닐 땐 엄두가 잘 나지 않아서 '언젠가는,
꼭!' 하며 미루고 미루기만 하던 곳이다. 백수 부부
로서 전국을 돌아다니는 지금이야말로 지리산에
갈 수 있고 가야만 하는 때인 것 같았다. 내 의지와
소망을 소중히 끌어안아준 남편은 고맙게도 그에
맞춘 계획을 척척 짜냈다. 역시나 휴양림을 낀 프

로그램. 지리산자연휴양림에서 하루 쉬고 다음 날 아침 일찍 지리산을 올랐다가 그날 저녁에 구례 사는 남편 선배네 집에 가기로 한 것이다.

많은 사람들이 시도한다는 지리산 등반. 과연 어떤 것일까. 무척 궁금했으나 특별히 걱정 같은 건 하지 않았다. 이미 걷는 여행에는 이골이 났고 든든한 남편과 함께 있는데 뭐가 두렵겠는가. 가고만 싶고 보고만 싶던 지리산을 만난다는 기대에 잔뜩 부풀었을 뿐이다. 하지만 그리 호락호락한 여행은 아니었다. 아니, 눈물 쏙 뺄 만큼 힘든 여정이었다.

서울 하늘 높푸르던 어느 날. 동서울터미널에서 고속버스를 타고 경남 함양군 마천면에 내렸다. 커다란 안내 지도판부터 살폈다. 지금 우리가 선 곳은 마천면사무소 근처란다. 가야 할 곳은 현위치에서 저 아래쪽에 보이는 지리산자연휴양림이다. '열심히 걸어가면 되겠군.' 지도상에 그려진 구불구불 기나긴 거리를 그저 쉽게만 생각했다. 별 고민 없이 식사할 곳부터 찾아 나섰다. 잘 먹어야 씩씩하게 걸을 수 있을 테니까. 백반 한 종류만 파는 집을 발견했다. 정성스럽게 차려진 밥상을 맛나게 먹었다. 일하는 분들이 친절해서 기분도 좋았고.

든든한 속을 안고 식당을 나섰다. 가자, 지리산 정기 가득한 휴양림으로! 남편이 이끄는 대로 경쾌한 발걸음을 옮겼다. 맑고 깨끗한 물길이 우리를 반기는 듯하다. 한적한 곳을 지나면 찻길이 자주 나오곤 했다. 뒤에서 오는 차, 앞에 다가오는 트럭을 피하면서 쉬다, 걷다 하며 여유를 부렸다. 저 앞에 '지리산둘레길 함양군안내센터'가 보였다. 쉴 겸 위치도 확인해보자며 걸음을 멈췄다.

지도상 거리를 쉽게 생각한 대가

그전에는 남편만 믿고 아무 생각 없이 졸졸 따라다녀도 아무 문제 없었는데. 드디어 여행 가이드의 방향 안테나에 실수가 생겼다. 센터에 있는 분께 물어보니 우리가 반대로 잘못 왔다나. 괜찮아, 괜찮아. 오늘 안에만 도착하면 되는 곳이니까. 등나무 아래서 잠시 쉬며 몸과 마음을 가다듬는다. 가까이에 현수막이 하나 걸려 있다. "지리산둘레길은 관광지가 아닌 자기성찰과 순례의 길입니다." 이 글을 보기 위해 여기까지 왔으려나. 길을 잘못 든 것도 지리산이 자기성찰을 위한 연습을 시켜준 것만 같다. 차분하게 몸을 일으켰다.

햇볕이 강하게 내리쬔다. 슬슬 헉헉대는 나. 힘들어도 참자. '순례하는 길'로 생각해보자. 소박한 마을들이 하나둘 보이기 시작한다. 마을 구경이 더해지니까 걷는 재미가 살아났다. 가는 길에 작고 예쁜 절을 만났다. 그냥 지나치기엔 자꾸 끌린다. 아픈 다리 이끌고 절에 들어섰다. 여기서도 소박한 현수막 하나가 눈길을 끈다.

"찾아주신 님들께 아무것도 드릴 것이 없습니다! 그러나 이곳은 마애부처님의 청정기운이 넘치는 도량입니다. 님들 마음에 듬뿍 담아 가셔서 참으로 각자의 지친 삶에 힘이 되시길 합장합니다."

솔직하고 푸근한 글귀 덕분에 마음 한 켠이 슬며시 따뜻해진다. 지친 다리에도 힘이 붙는 느낌이다. 절을 이리저리 둘러보다가 나물 캐는 아주머니를 만났다. 외로우셨던 걸까. 이 절에 대한 유래며 마을에 대한 것까지 묻지도 않은 이야기를 들려주신다. 인사드리고 헤어지는데 아쉬워하

"찾아주신 님들께 아무것도 드릴 것이 없습니다! 그러나 이곳은 마애부처님의 청정기운이 넘치는 도량입니다. 님들 마음에 듬뿍 담아 가셔서 참으로 각자의 지친 삶에 힘이 되시길 합장합니다."

는 눈빛이 느껴진다. 괜스레 미안한 마음이 들기도 했다. 한참을 걷다가 절 쪽을 바라보니 이야기 나눈 그 아주머니가 같은 자리에서 계속 나물을 뜯고 있었다. 그 모습이 참 아련하기만 했다.

걸어 다니는 여행의 진정한 묘미

슬슬 해가 지려고 한다. 어쩔 수 없는 생리 현상이 찾아왔다. 찻길인데 어쩌지. 얼굴이 새하얗게 질리려던 찰나 저 구석에 있는 화장실을 발견했다. 구세주가 따로 없구나. 길 가는 나그네, 한량없는 고마움을 담아 시원하게 볼일을 마쳤다. 급한 걸 해결하니 시장기가 든다. 잠시 쉬어주기로. 막걸리 한잔 걸치고, 식량 삼아 준비해 온 김치볶음이랑 멸치 반찬도 안주 삼아 꺼낸다. 하염없이 걷다가 길바닥에 퍼질러 앉아 한잔 들이켜는 맛이란…. 걸어 다니는 여행의 진정한 별미이자 묘미가 아닐까.

허기를 달래고 바람도 쐬니 기운이 난다. 다시 걷자! 커다란 백두대간 벽소령 돌탑이 눈앞에 떡하니 나타났다. 지도가 시키는 대로 잘 걷고 있음을 확인시켜 주는 이정표다. 어찌나 반갑던지. 돌탑 근처에 가게가 있다. 뭐라도 좀 먹어볼까 해서 들어갔는데 장사를 하는지 안 하는지 모를 만큼 휑하다. 다행히 주인은 계시더라. 그분 말씀이 휴양림이 얼마 남지 않았다네. 기쁜 마음으로 몇 가지 먹을거리를 사 들고선 가게를 나왔다. 설렘이 이끄는 발걸음이 빨라진다. 드디어 보았다, 지리산자연휴양림의 자태! 걷기 시작한 지 다섯 시간 만이었다. 우리처럼 마천터미널에서 지리산자연휴양림까지 차가 아닌 발로 찾아가는 사람들이 또 있을까? 있다면 만나보고 싶구나.

흐느적거리는 다리를 끌고 숙소에 이르렀다. 주방 딸린 방 하나에 화장실 하나. 여느 가정집 풍경을 보는 듯하달까. 아기자기한 다락방이 눈에 띈다. 천장에 다락으로 가는 계단이 숨겨져 있다. 아이들이 온다면 무척 좋아할 것 같은 모습이다. 휴양림에서는 처음으로 밥도 했다. 내일 산에 오를 때 먹을 요량으로 주먹밥을 하기 위해서였다. 김치볶음이랑 멸치 반찬도 그래서 챙긴 것. 저녁밥 배불리 자시고는 내일을 위해 일찍 잠자리에 들었다.

생애 첫 지리산 등반. 그날이 밝았다. 휴양림을 빠져나와 사람들한테 묻고 또 물어서 산으로 가는 길을 찾았다. 다행히 첫 산길은 완만했다. 빨치산의 흔적이라도 더듬듯이 조용조용히 산을 올랐다. 윙윙 불어제치는 바람 소리가 조금은 스산하다. 가까운 듯 손에 잡힐 듯한 능선이 가도 가도 끝이 없네. 지리산의 육중한 몸매가 그제야 실감난다. 어느덧 상당한 높이에 올라온 듯하다. 굽이굽이 늘어선 산등성이들. 눈앞에 펼쳐진 풍경이 장엄하다. 슬슬 쉬어갈 때가 되었다. 주먹밥 두 덩이를 맛있게 먹는다. 여기는 깊고 맑은 지리산. 바위 사이로 흐르는 물도 거리낌 없이 마셔주었다.

계속 평탄한 길이 나와주길 바랐지만 지리산이 그럴 리가 있겠는가. 가파르고 험하디험한 산길이 곳곳에 이어진다. 남편이 나뭇가지를 다듬어 만든 지팡이가 없었다면 큰일 날 뻔했지. 주먹밥 먹은 지 얼마 안 지난 듯한데 또 허기가 진다. 걷는 족족 칼로리가 무지하게 소비되는 건지. 커다란 바위에 걸터앉아 주먹밥을 우걱우걱 욱여넣으며 기도를 드린다. '탄수화물이시여, 제게 힘을 주소서.'

도저히 닿지 못할 것 같던 그 자리 "해냈다!"

지팡이에 기대 몸을 질질 끌다시피 하면서 산을 타고 또 탔다. 노고단까지 4.5킬로미터가 남았다는 표지판이 보인다. 이 험한 산길에서 4.5킬로미터라는 숫자는 어떤 의미를 지닐까. 문득 아득함이 밀려오고 몸이 더 이상 움직여지질 않는다. 체력이 완전히 소진된 것. 아, 나는 왜 지리산을 오자고 한 것일까, 과연 끝까지 갈 수 있을까. 눈물이 다 날 만큼 막막했다.

급기야 애꿎은 사람한테 화를 낸다. "왜 날 이리로 데리고 온 거냐고!" 남편도 내가 이렇게 힘들어할 줄은 몰랐다면서 당황해한다. 자기도 힘들 텐데 그 속이 얼마나 탔을꼬. "차라리 도로 내려갈까…." 남편이 조심스레 건네는 이야기에 차마 그러자고 대답하지 못했다. 우리 부부가 함께 선택한 길. 되돌리고 싶지 않았다.

"끄응." 다시 일어섰다. 남편은 말없이 내 가방을 대신 짊어진다. '부끄럽고 미안해서라도 더는 나약한 모습 보이지 않으리.' 마음을 다잡고 한 걸음 두 걸음 나아갔다. 조금씩 평탄한 길이 나온다. 살 것 같다. 등산길 안내 표지판을 살펴보니 나를 고난에 빠뜨렸던 딱 그 구간이 무척 넘기 힘든 고개라고 나와 있다. 그 길에 끝이 있다는 걸 알았다면 조금은 덜 힘들 수 있었을까. 앞길을 미리 알지 못함에서 오는 절망이란 이다지도 큰 것이란 말인지.

한 시간쯤을 묵묵히 오르고 또 올랐다. 마음이 평온해지니 몸도 그 기운을 따르나보다. 가방을 다시 멜 수 있을 만큼 힘이 살아났다. 이정표들을 보면서 목적지에 가까워졌다는 확신이 들었다. 주먹밥은 동난 지 오래. 마지막 남은 소중한 양식(?)을 꺼내야 할 것 같다. 어제 휴양림에서 먹고 싶은 걸 애써 참고 남겨둔 막걸리다. 안주는 새우깡. 둘의 조합은 정말 꿀맛이었다. 마음까지 든든하게 채워준 보약 같은 존재였다. 해는 서산에 기울어가고 오후 여섯 시쯤 되었던가. 노고단, 도저히 닿지 못할 것 같던 그 자리를 당당히 딛고 섰다. "해냈다, 하고야 말았어!" 우리 부부는 감격에 겨워 환호성을 질렀다.

물론 완전히 끝은 아니다. 허벅지는 끊어질 듯

아팠지만 마음만큼은 가볍게 한 시간쯤을 더 걸었다. 이윽고 성삼재에 이르렀다. 우리를 기다리는 반가운 인연. 구례에 사는 남편 선배다. 원래는 화엄사 쪽에서 보기로 했지만 산행 중간에 에스오에스를 보냈다. 언제 도착할 수 있을지 기약도 못 한 채, 성삼재에 와서 우리를 데려가달라고 부탁한 것. 그분은 지리산 등반이 처음이라는 우리 말을 듣고는 깜짝 놀란다. 어떻게 그 길을 다 걸어왔느냐면서. 지리산 자락에 사는 사람도 놀랄 만한 여정이었다니. 힘든 길이 맞긴 했구나. 내가 마냥 엄살 부린 것만은 아니었어.

선배네 집에 도착한 우리에게 참으로 멋진 밥상이 주어졌다. 지리산 등반 경험을 무용담처럼 열심히 들려주면서 고픈 배를 연신 채웠다. 해냈다는 기쁨에, 그 힘든 시간이 비로소 끝났다는 행복에 겨워 모든 것이 아름답게만 보이는 밤이었다.

눈물을 낳는 산, 지리산

다음 날 아침 언제 아팠냐는 듯 다리가 말짱

하다. 지리산의 힘이런가, 고마운 인연의 정성 덕분이런가. 여기까지 왔는데 가만히 있을 순 없지. 남편 선배 부부와 지리산 자락 곳곳에 마실을 다녔다. 피아골에 이어 장터 구경, 마지막엔 구례 명물이라는 동아식당까지. 이제는 정말로 떠나야 할 시간이 되었다.

토요일이어서 예매를 안 해도 될 거라 믿었는데 아니었다. 서울 가는 고속버스 모두 매진! 황급히 기차역으로 가보았고 천만다행으로 차를 탈 수 있었다. 역까지 배웅해준 분들과 헤어지고 기차에 탄 우리 둘. 그때부터 여기저기가 쑤셔대더니 그 뒤로 몇 날 며칠 온몸이 뻑적지근했다. 힘겨운 산행이긴 했나 봐. 다시 또 하라면 할 수 있을까? 물론이지!

남편 선배는 돌아가는 우리 손에 먹을거리를 잔뜩 챙겨주었다. 텃밭에서 뽑은 파랑 시금치, 민들레, 광대나물, 그리고 쑥까지. 바리바리 싸주는 정성에 어디 친정집이라도 다녀온 기분이다. 집에 돌아와 멀리서 실어 온 여린 쑥으로 엄마표 쑥버무리를 만들어보았다. 어릴 때 그렇게 좋아했던 이 음식. 엄마 돌아가신 뒤로는 처음으로, 그것도 내 손으로 만들어 맛을 본다. 담백하고 푸근하게 맛있다. 쑥버무리를 먹는데 코끝이 시큰하다. 산에선 힘들다고 눈물, 돌아와서는 좋다고 또 눈물. 저 높은 지리산은 정녕 눈물을 낳는 산이었던가.

4장

죽도에서 겪은 반전과 스릴 대잔치

천반산자연휴양림

"우정은 산길과도 같은 것"

남편이 살짜쿵 몸살을 앓는 바람에 다른 때보다 휴식 기간이 조금 길어졌다. 집 안에만 있느라 좀이 쑤신다는 아내가 슬슬 눈치를 주니, 여행 가이드는 분연히 떨쳐 일어나 다시금 움직일 일정을 만들었다. 바로 1박 2일로 떠난 천반산 여행. 2박 3일이 기본이던 그동안에 견주면 1박 2일쯤이야, 여행 맞나 싶을 만큼 간단해 보였으나 실은 그렇지 않았으니. 이 또한 가기 전까지는 조금도 짐작하지 못한 일이었다. 적어도 나한텐 무지무지 무시무시한 여정이 기다리고 있었기에.

천반산은 진안에 있는 산이다. (이때까지만 해도 귀촌할 곳으로 전라북도, 그중에서도 진안을 염두에 두고 있었다. 그래서 이쪽 일정을 자주 잡았다.) 첫날은 천반산이 아니라 천반산자연휴양림이 목적이었다. 진안터미널에 내려서 그곳까지 죽 걸어가기로 한 것. 그동안 걷기 여행에 나름 자신도 생겼겠다, 우리가 못할 게 뭐 있겠나. 쉽게만 생각했다. 남편도 그리 힘들지는 않을 거라 미리 귀띔을 해주었고. 그래서 더 믿었다. 살짝 아프고 난 뒤라 자기 힘도 달릴 터인데 설마 어려운 일정 잡았겠어?

이젠 많이 익숙해진 진안 읍내. 오후 1시쯤 터미널에 도착해서 밥부터 먹는다. 식당 벽에 걸린 액자가 문득 눈에 들어온다. "우정은 산길과도 같은 것. 자주 오고 가지 않으면 어느새 초목이 우거져 그 길은 없어지나니." 괜스레 짠하네. 저 글귀 덕분일까. 밥을 먹다가 농민 한 분을 만났다. 혼자 막걸리 한잔하려고 들어온 분이었는데 어느새 합석해서 주거니 받거니 서로 이야기를 나누게 되었다.

이 아저씨는 나이가 쉰 가까이 됐고, 국제결혼을 해서 막 갓난아이를 두었단다. 이모저모 고민거리를 풀어놓으신다. 여행길은 이래서 좋다. 모르는 사람하고 저도 모르게 섞이는 경우가 더러 생기니 말이다. 그 덕에 세상살이와 사람살이를 보는 눈이 조금이나마 넓어지는 기분이다. 더 듣고픈 이야기는 많았지만 갈 길이 먼지라 처음 본 인연과 아쉽게 헤어졌다.

오후 날씨가 꽤 후덥지근하다. 그래도 가야지, 오늘 밤 자야 할 천반산자연휴양림으로. 처음에는 그럭저럭 걸을 만했다. 휴양림용 먹을거리가 담긴 덕분에 배낭이 좀 무겁긴 해도 화창한 날 사랑하는 이와 함께하는 여행, 할 만하지 않겠나. 서로 앞서거니 뒤서거니 남편이랑 나는 찬찬히 씩씩하게 발걸음을 옮겼다. 시뻘겋게 갈아 놓은 밭 한가운데 무덤 하나가 떡하니 놓여 있다. 시골길 다니면서 자주 보는 모습. 무덤들은 정말 좋은 자리를 차지하고 있다. 산 사람보다 죽은 사람을 더 중요하게 여겼던 우리네 전통. 이젠 좀 바뀌어야 하지 않나 싶은 마음이다.

다섯 시간을 걷다

조금 지나고부터는 죽 찻길이다. 오가는 차들 신경 쓰느라 만만치 않다. 이거 길이 심상치 않게 멀다. 등산화 신은 발이 부풀어 오른 듯 아프기까지 할 정도. '여보야, 이번엔 쉬운 길이라며.' 애꿎은 남편한테 속으로만 징징대며 고행하듯이 몸을 움직였다.

두어 시간 넘게 지났을까? 슬슬 멋진 풍경들이 보이더니만 죽도로 예상되는 곳이 나타난다. 천반산자연휴양림과 그리 멀지 않은 곳으로, 내일 우리가 들를 곳이기도 하다. 죽도처럼 보이는 곳을 지날 땐 이젠 다 와 가는구나, 안심할 수 있었다. 그래봤자 맞는 길을 가고 있다는 안도감일 뿐, 다리 아프고 힘든 것까지 해결해주지는 않았다. 이리 오래 걸릴 거라고 미리 마음 준비를 하지 못해서 더 고됐던 것도 같다.

날은 서서히 어두워지고. 해 지기 전에 도착해야 한다는 두려움까지 슬슬 밀려오는 가운데 '죽도마을'이라 쓴 표지판이 보인다. 희망이 다가온다. 조금만 더 가면 될 거야. 진안읍에서 천반산자연휴양림까지 우리처럼 무식하게 걸었던 사람이 또 있을까? 남편도 은근히 미안해하는 눈치다. 그럴 것까진 없는데. 우리랑 비슷한 방법으로 여행한 사람들 기록을 미리 보았다면 과연 이 길을 선택했을는지. 모르고 떠났으니 이런 경험도 할 수 있는 걸 테지. 좋게 생각하자, 여행이니까!

진안고원길의 일부 구간. 진안읍 하천 길 따라 상전면을 지나고, 죽도 구량천을 바라보며 굽이굽이 길을 걷는다. 다섯 시간쯤 지났으려나. 다행히 해가 길어져서 어두워지기 바로 직전 목적지에 이르렀다. 주인이 말하길 늦어지기에 안 오는 줄로만 알았단다. 진안읍에서 여기까지 걸어왔다니까 깜짝 놀라면서 무척 살갑고 친절하게 대해주셨다. 김치며 깻잎장아찌를 통째로 가져다주더니 압력밥솥도 흔쾌히 빌려주시네.

방에 들어가자마자 밥을 안치고 라면을 끓여서 후딱후딱 밥 먹을 준비를 한다. 내일 아침부터 천반산에 오를 거라 이번에도 주먹밥을 싸기로 했다. 여행 때마다 하도 여러 번 배가 고파봐서 식당 같은 게 있을 거란 기대는 애당초 접기로 했지. 대신 먹을 준비를 철저히 하기로! 주먹밥에 라면 먹고. 텔레비전도 보면서 지친 몸을 달래고는 잠자리에 들었다.

다음 날 아침. 깊숙한 곳에 자리 잡은 천반산 자연휴양림 자태를 그제야 둘러본다. 병풍처럼 둘러쳐진 계곡에 시원한 물줄기가 청량하다. 한

여름이라면 신선놀음하기 딱 좋을 듯하더라. 더 머물고 싶지만 예정대로 산을 타기 시작했다. 아주 가까운 곳에 천반산 등산로가 있었다. 안내도가 뉘어져 있는 게 일부러 그런 건지, 사람이 잘 안 다녀서 방치된 것인지 잘 모르겠더라. 주인아저씨 말씀으론, 정치인 정동영 씨가 정여립 후손이라나. 그래서 한 번씩 이 산에 올라서 천도제 비슷한 걸 지낸다고 한다. 정여립은 또 누구냐고? 이 천반산과 아주 인연이 깊은 사람이다. 휴양림 앞 소나무도 정여립이 심은 나무라고.

상상과 실제의 간극을 오르내리는 천반산

'죽도선생'이라고도 부르는 정여립. 조선 중기 (1500년대) 때 천반산에서 대동계의 교주로서 신분에 제한 없이 사람을 받아들여 무술을 가르친 사람이다. 그 무사들을 앞세워 왜구를 무찌르기도 했다는데 1589년 '기축옥사' 때 주도자로 지목됐다고 한다. 기축옥사란 또 무엇이냐. 조선조의 광주사태라고도 하는데, 조선 선조 때 정여립을 포함한 동인에 속한 사람들이 모반을 꾀하였다

하여 엄청나게 많은 호남 사람들이 한꺼번에 죽게 된 사건을 말한다. 이때 정여립은 주모자로 몰려 진안 죽도에 숨었다가 결국 잡혔고, 여기서 자살했다고 한다. 천반산과 정여립에 얽힌 이야기를 남편이 조근조근 들려주고, 그 이야기를 한 번씩 되새기며 산을 오르니 이건 거의 답사 수준이다. 역사와 이야기가 있는 등산이 꽤 매력 있더라.

정여립의 혼이 서린 천반산을 한 손에 장죽을 들고 오른다. (그동안 여행 다니면서 산에 갈 때면 남편은 늘 장죽을 만들었다. 산에 널려 있는 나무줄기 가운데 가느다랗고 매끈하면서도 단단한 것으로 고르면 끝. 쇠로 만든 등산용 지팡이보단 이게 훨씬 좋았다.) 험한 산은 아니다. 가끔 헐떡였으나 그럭저럭 편안하게 움직이면서 가뿐히 정상에 다다랐다. 너무 빨리 왔나 싶어 조금 당황스러울 정도였으니. 정상인 깃대봉 높이는 647미터. 산 아래 보이는 풍경들이 너무너무 멋지다. 그 아늑하고도 깊은 풍취에 넋을 잃는다. 산 바깥과 어우러진 모습 때문에 더 멋있는 산. 내려가는 길에 정여립이 남긴 흔적들이 하나둘 모습을 나타내기 시작했다.

'말바위'가 보인다. 정여립이 산자락에서 친지

들과 바둑을 두었다는 곳이다. 어찌 생겼기에 그런 이름을 붙였을까? 그 위에 올라서니 말 잔등이랑 비슷하게도 보이네. 이어서 정여립이 말을 타고 뛰었다는 두 바위 봉우리, '뜀바위'가 나온다. 많이 가파른 듯하여 안내판에 적힌 내용이 사실일까 싶었다. 가끔은 '상상'도 위인의 삶을 드러내는 길에 실제인 양 포함되기도 하니까. 그게 아니라면 무척이나 날랜 사람과 말의 모습을 상상해보면 될 터이고.

내려가는 길은 산등성이가 죽 이어진 모양새다. 산 아래 풍경은 여전히 생생하게 눈에 들어온다. 바위가 많아서 올라올 때보다 은근히 가파르고 힘이 든다. 그렇게 걷다가 무언가를 본 남편, 지긋이 바라보더니 '부처손'이라고 한다. 부처손? 들어본 이름이다. 남편 말이 귀한 약초라고. 둘레를 가만히 살펴보니 바위마다 비슷한 풀이 가득하다. 꽤 비싼 약초일 텐데 사람들이 뜯어가지 않은 게 신기할 정도다. 여기에 그만큼 사람이 안 다녀서 손을 덜 탈 수 있던 걸까. 마치 아무도 지나지 않는 길에라도 온 것처럼 눈앞에 가득한 부처손 더미를 쳐다본다. (평일이라지만 이날 천반산에서 사람 모습을 거의 보지 못했다.) 바위에는 고운 이끼들도 가득했다. 어느 유명한 요리사는 이끼도 먹을거리 재료로 썼다던데. 사람이 드문 자리에 있는 이런 이끼도 귀한 먹을거리로 쓰일 수 있으려나.

엄청난 반전과 스릴 대잔치, 금강 상류 트레킹

천반산은 내리막길이 참 독특하다. 가는 내내 사방이 훤히 보이니 말이다. 특히 길고 푸른 강을 계속 바라볼 수 있다는 게 647미터 천반산 등반만이 줄 수 있는 선물인 듯. (이때만 해도 저 강물이 나랑 상관이 있을 거라곤 조금도 생각하지 못했으니. 퍼런 물길과 서럽고도 힘들게 만난 이야기는 조금 뒤에 이어질 터.)

주먹밥 먹고 쉬기도 하면서 찬찬히 걷다가 넓은 터와 마주했다. 돌비석에는 '천반산 성터'라고 적혀 있다. 정여립이 대동계를 이끌 때 군사를 훈련시킨 곳이다. 깎아지른 듯한 산등성이가 죽 이어지다가 드넓은 곳이 나오니 신기하다. 성터를 이리저리 둘러본다. 과연 숨어서 무언가를 도모

할 만한 곳답다. 산 중턱에 자리한 넓은 평지. '으쌰, 으쌰!' 외치면서 훈련이 펼쳐졌을 광경이 눈에 어른거리는 듯하다. 둘레에는 성곽 모양으로 돌을 쌓은 곳이 군데군데 보였다. 이곳에 서린 역사가, 그 기쁨과 한들이 작은 돌들 사이사이에 숨어 있을 테지.

정상에서 1킬로미터쯤 내려오니 여러 갈래를 알려주는 표지판이 나온다. 그 가운데 송판서굴 표지를 따라 걷는다. 길은 은근히 험했다. 흙이 성글어서 그런지 경사면에 있는 돌이 막 떨어지기도 하네. 짧은 길이었지만 상당히 조심하면서 굴 쪽으로 찾아갔다.

이윽고 당도한 송판서굴의 주인공은 송보산 선생. 단종이 폐위되고 세조가 왕위에 오르자 이에 항거하여 벼슬을 버리고 처가가 있는 현재의 장수군에 낙향한 사람이다. 송보산은 세상의 죄악을 씻으려고 이곳에 숨어 지냈고, 그이의 부인도 같이 입산하여 여기서 1.5킬로미터 떨어진 할미굴에 살았다고 한다. 부인까지 같이 고행을 하게 하다니 좀 가혹한 듯싶었다. 할미굴도 가보고 싶었지만 시간이 촉박하여 다음을 기약하기로 했다.

천반산을 완전히 벗어난 순간 눈앞에 엄청난 장관이 기다리고 있었다. 전날 힘들게 걷는 중에 멀찍이 바라보았던 바로 그 죽도였다! 커다란 섬 두 개가 나란히 마주 보고 있는 모습, 그 사이로 유유히 흐르는 강물과 하얀 모래밭까지. "이야, 멋있다!" 하고 연이어 외치도록 만들었다. 물에 발을 담그고는 가방에 든 먹을거리들을 말끔히 해치웠다. 곧 다음 예정지인 가막마을에 도착할 수 있으리라 여겼기에 짐을 줄일 생각이었다. 하지만 착각이었다. 무지와 무모함이 불러일으킨, 엄청난 반전과 스릴 대잔치 강물 트레킹이 우리를 기다리고 있었나니. 길은 길이었으나 사람이 다닐 만한 길은 아니라는 걸, 눈앞에 펼쳐진 강을 건너고 또 건너면서 '어쩔 수 없이' 깨달아야 했다.

"이리로 가면 마을이 꼭 나와, 날 믿어"

깨끗한 모래가 펼쳐진 강길. 날씨도 풍경도 너무너무 좋다. 걷기 시작할 때만 해도 패기만큼은 끝내줬다. 신발 벗어 들고 죽장으로 강바닥을 꾹

꾹 눌러가면서 야트막한 강을 건널 때는 물놀이 하는 것처럼 시원하고 재밌기도 했다.

퍼렇고 넓은 물길은 이어지고 또 이어졌다. 가면 갈수록 깊어진다. 바라보기만 해도 왠지 두려움이 밀려왔지만 뒤돌아 갈 수도 없었다. 이미 너무 멀리 왔다. 걸을 만한 길이 나왔다 싶어 죽 따라가면 어느새 뚝 끊긴다. 다시 나타나는 강물. 물살이 세고 깊어 보이는 곳에서는 신발 벗는 것도 포기하고 조심조심 건너야 했다.

강바닥 돌멩이들은 이끼가 가득해서 어찌나 미끄럽던지. 넘어지지 않으려고 남편 손 꼭 잡고 한 걸음 두 걸음 나아가는 동안 속으로 원망을 오지게도 많이 했다. '왜 이런 힘든 여행을 하게 만드는 거야. 나 좀 살려줘.' 인적이라곤 아예 없는 외진 곳에서 깊이를 알 수 없는 강물을 건너야 했으니. 겁 많은 내가 얼마나 무서웠겠는가. (나중에 알았지만 이곳은 금강 상류란다. 그 이름도 찬란한 '금강'의 물줄기였으니 건너기에 만만치 않은 건 당연한 일.)

모래밭에는 발자국들이 띄엄띄엄 보였다. 사람의 것이 아닌 짐승의 자취! 도내체 인석이라곤 찾아볼 수 없는 이곳. 목적지인 가막마을이 정말

나오는 게 맞는지 이젠 그것조차 의심스러울 만큼 겁에 질려버렸다. 남편은 걱정하지 말라고, 이 길이 맞노라고 여러 번 나를 안심시켰다. 그 말이 잘 들리지 않았다. 할 수 있는 일이 앞으로 나아가는 일밖에 없는지라 어쩔 수 없이 그 길을 갔을 뿐이다. 남편도 예상보다 길이 험해지자 적잖이 당황하는 모습이다. 나 때문에 티도 못 내고 속으로 무진장 맘고생했을 거다. 내 칭얼거림에 속이 끓고 있을 남편의 뒷모습이 참 애달팠다.

강 따라 걷는 길에는 내내 절벽 산이 이어졌다. 처음엔 참말로 아름답다고 감탄도 많이 했는데. 어느 때부턴가 저 모습마저 무섭게 다가왔다. 절벽 사이에 우리 둘만 갇혀버린 느낌이랄까. 두려움이란 것 참 힘이 크더라. 이렇게 마음이 약해서 앞으로 어찌 산과 들에 귀촌해서 살지 나도 참 걱정이다. 걷고 또 걷고, 물을 건너고 또 건너고. 어느덧 발 말리는 것도 포기. 물이 잔뜩 스며 무거워진 등산화를 신고 터벅터벅 걸어야만 했지. '제발 사람 사는 마을 좀 만나게 해주이소.' 빌고 또 빌면서.

고생 끝에 낙이 온다는 말이 이 상황에 어울

릴지 모르겠지만 드디어 낙을 만나고야 말았으
니. 제법 넓은 강 하나를 사이에 두고 저 건너에
집 비슷한 게 보이기 시작했다. 벅찬 마음으로 물
을 건넜다. 정말로 집이 보였다. 분명 사람이 사는
곳! 오, 마을이 맞았다. 얼마나 기쁘던지. "이리로
계속 가면 마을이 꼭 나와, 날 믿어." 나를 달래면
서 여러 번 확인시켜준 남편 말은 그예 사실이었
다. 여기까지 오면서 투덜투덜 타박했던 일이 미
안하기만 하다. 그래도 기쁨이 훨씬 컸다. 이젠 정
말 살았다!

"라면이라도 어떻게 안 될까요?"

너무나 그리웠던, 사람이 다니는 길. 한두 대
지나가는 차도 어찌나 반갑던지. 힘들던 마음은
스르르 녹아내리고 신나게 발걸음을 내딛는다.
어느새 마음은 어디서 뭘 먹을까, 요런 익숙한 고
민으로 이어진다.

드디어 버스정류장이 나타났다. 다시 한번 진
짜로 마을이구나. 가까이에 식당이 있기에 냉큼
들어섰다. 주인장께 여쭈니 두 시간은 지나야 버

아주 잠깐 만났을 뿐이지만
마음 한 켠에 소중하게 남을
그분. 정거장에서 살짜쿵
맺어진 그 인연이 다시금
이어질 날이 있으려나?

스가 올 모양이다. 이걸 어쩌나, 너무 길다. 정류장에 앉아 지나가는 차라도 얻어 타려고 손을 들어보지만 번번이 실패. 이 시간(오후 네 시 반쯤)에 읍내 나가는 사람은 없는 모양이다. 히치하이킹 한 번쯤 해보고는 싶었지만 나도 남편도 그쪽으론 인연이 없는 듯. 덜 급해서 그런 걸지도 모르고. 나부터 아직은 그런 게 무지 쑥스러우니까.

버스 시간을 물었던 가게로 다시 갔다. 간단한 식사라도 될까 싶어서. 주인장 말씀이 밥은 없단다. "라면이라도 어떻게 안 될까요?" 우와, 된다네. 이거라도 어디야. 바로 라면이랑 막걸리를 주문했다. 부침개까지 같이 나온다. 서비스란다. 호호, 완전 횡재다. 표고버섯이 얹혀 있는 나물전을 순식간에 해치웠다. 버섯 가득 들어간 라면 맛은 끝내줬고, 물 좋은 고장에서 만든 지역 막걸리는 기막히도록 시원했다. 작은 식당에서 몸과 마음이 꽉 차는 느낌. 그 고생을 하고 만난 음식인데, 더구나 시골 인심과 손맛까지 더해졌으니 그 맛을 무엇으로 표현할 수 있을까. 세상에 다시없을 최고의 진수성찬이었다.

식당 안에 손님이 딱히 없다. 주인 부부와 자

연스럽게 이야기를 나눌 수 있었다. 그분들은 집이 다른 데 있단다. 봄하고 여름에만 여기서 일하고, 장사철이 아닐 땐 원래 사는 집에서 지낸다고. 아, 그렇게 사는 방법도 있구나. 우리가 건너온 그 강이 금강 상류라는 것도 주인 내외가 알려주셨다. 그 길을 어찌 건넜느냐고 무척 놀라셨지. 우리가 강가에서 본 바퀴 자국은 트레킹 동호회 차량들이 드나든 흔적이라니. 사람도 다니기 어려운 곳에 웬 차 흔적인가 싶어서 좀 신기했는데 그런 까닭이었네. 여름이면 우리가 건너온 곳에 사람들이 꽤 많이 찾아온다는 이야기도 들었다. 그러니까 관광지라는 말씀. 그것도 모르고 그리 겁에만 질렸으니. 내가 못났지 뭐. 배 채우고 궁금증 풀고 몸도 적당히 쉰 우리는 커피까지 잘 얻어 마시고 식당을 나왔다.

나약한 내면을 온전히 들여다보기

마을 구경도 할 겸 위쪽으로 천천히 올라갔다. 어차피 길이 하나뿐이니까 버스가 보이면 손 들어 타면 될 테지. 느긋하게 마음먹었다. 조금 지나

'가막마을'이라고 쓴 돌비석이 나온다. 우리가 금강 상류를 힘겹게 거닐면서 그토록 애타게 찾던 바로 그 이름. 사무치게 반갑구나, 반가워.

버스정류장이 나온다. 걷기를 멈추고 천천히 기다리기로 했다. 그때 건너편에서 샛노란 나무뿌리가 가득 실린 트럭이 멈춰 선다. 그 차에서 한 아주머니가 내려 정류장으로 오셨다. 트럭에 실린 게 뭔가 했더니 구지뽕나무 뿌리란다. 그걸 캐는 일을 하고 돌아가는 길이라고 하신다. "이거 가져가." 갑자기 아주머니가 비닐에 담긴 걸 조금 덜어 우리한테 주신다. 애써 일하고 받으셨다는 그 뿌리다. 깜짝 놀라 어쩔 줄 몰라 했지만 아주머니는 서글서글한 얼굴로 별거 아니라는 듯, 자기는 많으니까 꼭 챙겨 가란다. 시골 인심 좋다지만 고생고생해서 일하고 조금 가져가는 듯 보이는 걸 한 움큼 갈라 주시다니. 참 고맙기도 하고, 놀랍기도 하고. 여기서 가까운 마을에서 태어나 지금까지 살고 계신다는 이 아주머니. 자식들은 다 서울로 갔다고 한다. "지금 텔레비전 볼 시간인데 드라마 놓치겠네." 하신다. 밤에는 텔레비전을 빼놓지 않고 보신단다.

주거니 받거니 이야기를 나누다 보니 어느새 버스가 왔다. 승객은 우리 부부랑 아주머니뿐이다. 아주머니한테 고마운 마음이 너무 가득해서 뭐라도 드릴 게 없을까 가방을 살폈다. 간식거리도 없고 아무것도 없다. 라면 먹은 가게에서 산 버섯이라도 드려보려고 비닐에 담아 건네드렸다. 자기는 이런 거 날마다 먹는다면서 끝내 안 받으셨다. 마음이라도 전해졌기를 비리며 다시 받아들 수밖에 없었다. 뜻밖에 행복을 안겨준 그 아주머니는 몇 정거장 뒤에 내리셨다. 아주 잠깐 만났을 뿐이지만 마음 한 켠에 소중하게 남을 그분. 정거장에서 살짜쿵 맺어진 그 인연이 다시금 이어질 날이 있으려나? 있으면 좋겠는데.

1박 2일에 걸친 여정. 천반산자연휴양림에 이은 천반산 오르기, 죽도 만나기, 금강 상류 건너기까지 짧고도 긴 시간. 본 거 겪은 일 느낀 점까지 하나같이 많기만 하다. 특히 생각지도 못한 곳에서 만난 강 건너기는 내 나약한 내면을 온전히 들여다볼 수 있는 좋은 기회였다. 조금만 더 용기가 있었다면 그 좋은 풍경들 마음껏 즐기면서, 숨어 있는 오지 탐험하듯 아슬아슬한 재미를 느낄 수 있었을 텐데. 그 시간들을 너무나 깊은 두려움으로 채워버린 게 아깝기만 하다. 그게 내 모습인 걸 어쩌랴. 그래도 미리 알지 못한 덕에(정보가 있었다면 그 길을 내가 갔을 리가 없다.) 다시는 못 해봤을 강트레킹도 하고, 사람 손길 발길이 미치지 않는 풍경도 마음껏 만날 수 있었으니. 여행은 기본 준비는 해야겠으나 새로운 길이 펼쳐질 때는 도전부터 하고 볼 일이다. 물론 안전을 최우선으로 챙겨야 하겠지만.

5장

자연이 내어준 쉼, 사람이 안겨준 정

와룡자연휴양림

귀촌 선배들을 만나기 위하여

서너 달 가까이 이곳저곳 참 많이도 다녔다. 이삼일 떠나고 사오일은 집에서 쉬고, 그러다간 또 여행길. 이런 생활이 계속 이어졌다. 백수로 보내는 시간이 참 빠르게도 흐른다.

이제까진 산천을 유람하며 지친 몸과 마음을 쉬는 힐링 여행에 무게가 실렸다면, 슬슬 시골살이와 이어지는 여정을 준비해야겠다는 생각이 든다. 귀촌한 선배들부터 찾아가기로 했다. 농사일도 하면서 땅과 더불어 지내는 삶이 내 몸에 맞겠는지 느끼고 겪어보자는 취지. 그리하여 가게 된곳이 전북 장수다. 남편이 살짜쿵 아는 사람(아래부터 산골지인)이 귀촌한 고장이다.

솔직히 나는 좀 더 노는 여행을 하고 싶었다. '일'이라고 할 만한 것을 꽤 오래 하지 않아서 그

런지 좀 나태해진 듯. 갑자기 본격 노동을 해야 한
다는 게 막 부담이 됐다. 하지만 나도 안다. 이젠
그래야 하는 때가 되었다는 걸. 일은 그리 많지 않
을 거라며 남편이 살살 꼬드기니까 못 이기는 척
가노라고 했다. 물 좋고 산 좋은 데서 귀한 인연들
을 만날 수 있겠다는 기대감도 들고 하니까. 이리
하여 '무진장'으로 통하는 무주, 진안, 장수를 모
두 가보게 되는 영광(?)을 안을 수 있었다.

　　서울에서 고속버스 타고 세 시간쯤 가니 장수
터미널이 나온다. 산골지인이 벌써부터 마중을
나와 있다. 인사를 드리니 "일 잘하겠네." 하고 웃
으신다. 그래, 누가 봐도 일 잘하게 생겼지. 나는
야 몸집이 상당히 다부지니깐. 시골에서 사는 분
들은 사람을 보면 '일'하고 바로 연결이 될 수밖에
없나 보다. 뭐, 어쨌든 좋은 일이겠지?

　　산골지인이 몰고 온 차를 탔다. 구불구불한 길
을 오르고 또 올라가더니 어느 외딴집 앞에 선다.
앞이 훤히 내려다보이는 높은 자리다. 졸졸 흐르
는 물소리가 들리고 둘레에 집이라곤 보이지 않
는다. 시골 살림 하면 마을 사람들이 숱하게 드나
들어서 당황할 때가 많다더니만 여기라면 그럴

일도 없겠더라. 이런 데라면 나도 살고 싶다는 생각이 절로 든다. 집 구경에 흠뻑 빠져서 이리저리 둘러보는데 바로 일하러 가잔다. 아니, 오자마자…. 잠시 당황했으나 어디 부닥쳐 보자는 의지로 옷을 갈아입고 따라나섰다. 과연 내가 할 일이 무엇일까? 무척 궁금한 마음을 안고.

산골지인이 산에다 대고 "어이, 어이!" 하면서 소리를 친다. 몇 번 그러더니 대답이 들리면서 여자 두 분이 모습을 드러냈다. 한 분이 산골지인의 부인, 다른 이는 일을 도와주는 사람이란다. 둘 다 앞치마 비슷한 걸 두르고 있다. 앞치마 앞에는 넓은 주머니가 달려 있는데 거기가 수북하다. '아, 저렇게 입고 뭔가를 하는구나.' 감이 온다. 간단히 인사를 나누고 해야 할 일이 뭔지 들었다. 나뭇가지에서 잎을 따면 되고 그 잎으론 차를 만들 거란다. 생각보다 간단하군.

다분히 신성한 노동

그늘에 앉아서 여린 잎을 하나하나 따는 일이 그다지 어렵지는 않다. 나뭇잎 하나라도 땅에 떨어뜨리지 않으려고, 또 잎이 상하지 않게 하느라고 꽤 집중했다. 한 번씩 옆쪽을 보면 자루가 두둑하다. 나도 빨리 좀 해야지. 스스로를 다그쳤다. 기왕 돕고자 한 일, 도움이 조금이라도 돼야 한다는 부담감이 일하는 재미를 조금은 떨어뜨린 것도 같다. 그래도 땀 뻘뻘 흘리는 일을 하지 않을까 예상했던 것과는 달리 시원한 산길을 걷고 또 나뭇잎 딸 때는 편히 앉아서 하니까 힘이 별로 안 들고 재미도 있다. 이만하면 할 만하다 싶었다. 그렇게 두어 시간 몸을 부렸다. 어느새 오후 5시가 넘었다. 슬슬 정리하잔다. 그럼 그렇지, 첫날부터 진탕 노동에 파묻힐 수야 없지 않겠나.

자루 하나씩 등에 지고 집으로 돌아가는 길. 이때만 해도 일이 끝났다고 속으로 좋아했건만. 나중에야 내 생각이 완전히 틀렸음을 깨달았다. 나뭇잎 따는 것보다 훨씬 힘들고 지난한 일이 기다리고 있었다. 바로 차를 덖는 일. '덖는다'는 말도 처음 들었다. 그게 뭐냐면, 커다란 솥에다 그날 따온 나뭇잎을 여러 번 볶아주면서, 뒤집고 뒤집으면서, 비비고 또 비비면서 익히고 말리는 일이다.

차 덖기를 하기 전에 준비할 것. 머리에 모자를 쓰고 손에 장갑을 낀다, 그것도 다섯 켤레나! 솥이 뜨거워 그렇다는데 면장갑 다섯 개를 한 손에 끼기가 만만치 않다. 억지로 간신히 껴보니 손가락을 자유롭게 움직이기 힘들 만큼 둔탁하다. 그다음에 앞치마를 두르면 준비 끝. 아, 그전에 준비할 게 또 있구나. 그것은 마음가짐. 사람들은 보통 차를 마시면서 마음도 몸도 깨끗하게 다듬는다. 실제로 차 효능이 그렇게 하는 데 도움도 되고. 절에서 차를 많이 마시는 것도 아마 비슷한 까닭일걸? 그런 차를 만드는 일인 만큼 마음을 곱고 차분하게 가져야 하는 것이다. 다분히 신성한 노동에 가깝다고나 할까.

몸가짐과 마음가짐을 챙기고 차 덖기에 들어섰다. 힘들다. 몇백 도로 달궈진 솥 안에 바로 손을 집어넣어 나뭇잎을 뒤적뒤적 뒤집고 비비고 해야 한다. 세 명이 번갈아 하는데도 내 순서가 너무 금방 온다. 장갑 때문에 잘 모르고 있다가 갑자기 손이 확 뜨거워져서 깜짝 놀라게 된다. 처음엔 워낙 정신이 없어서 손에 다가온 뜨거움조차 잘 감지가 안 되더라니. 게다가 한 소쿠리에 담긴 나뭇잎을 한 번만이 아니라 무려 네 번에 걸쳐서 덮는다. 그렇게 해야 할 소쿠리만 해도 무려 네 개. 그러니까 16번에 걸쳐서 이 작업을 하는 거다. 잠깐씩 물 한 모금 마실 시간은 있지만 거의 쉬지 못하고 죽 해야 하는 일이었다.

손도 온몸도 뜨거워지고. 다리도 팔도 아프고. 무엇보다 배가 너무 고프다. 나뭇잎 따는 일을 하고서 쉬지 않고, 참도 없이 뜨거운 솥 앞에 두 시간 가까이 서 있자니 정말 쓰러지기 일보 직전이다. 처음 만나는 사이에 "힘들어요!" 칭얼대지도 못하고 꾹 참으며 버텨본다. 중간에 그만한다는 말은 죽어도 할 수 없다. 그건 자존심이 허락하지 않는 일. 잠깐 물 먹으러 자리를 떴다가 거울을 보니 딱 불쌍한 표정이네.

산촌 체험이 안겨준 앎의 기쁨

모든 노동에는 끝이 있나니. 그 힘겹고 지난한 일이 드디어 마무리되었다. 시간은 무려 저녁 8시. 고속버스에서 김밥 먹고 장수터미널에서 빵 한 조각 먹은 게 다인데. 그 뒤로 이때까지 먹은

산등성이에서 산꼭대기를
지나 하늘로 춤추듯
올라가는 구름.
우리가 콜콜 자던 새벽에는
저 하늘과 땅 어드메서
무엇을 하고 있었을까.

게 없다. 배 속이 얼마나 텅 비었겠는가. 다른 여행에서 배곯을 일이 많더니만 시골 일 도우러 와서도 그럴 줄이야. 솔직히 많이 서러웠다. (나중에 안 일이지만 차 덖기는 이렇게 나뭇잎을 딴 그날 바로 해야 한단다. 그래야 맛이 제대로 난다고.)

고진감래라는 말이 괜히 있는 게 아니다. 내겐 무지 벅찬 일을 마치고 났더니 아주 즐거운 시간이 기다리고 있었다. 널찍한 대청마루에서 한바탕 잔치가 벌어진 것. 산골지인은 멀리서 온 우리를 위해 고기며 먹을거리들을 잔뜩 준비해주셨다. 장수에서 유명하다는 한우, 그것도 모자라 돼지갈비에 밭에서 따온 싱싱한 채소들까지. 여느 잔칫상 못지않은 풍성한 밥상을 마주하며 입이 째졌다. 걸신들린 듯 배를 채웠다. 막판에는 기타 들고 노래 부르며 즐기기까지 했으니. 산골에서 보낸 멋지고 황홀한 첫날 밤이었다.

노동의 피로를 흥겨운 잔치로 승화시킨 우리들. 다음 날 이른 아침에 보란 듯이 눈이 번쩍 떠졌다. 공기가 워낙 좋아서 그랬을까. 아침부터 일해야 한다는 의무감도 한몫했겠지. 차려주는 아침밥 든든히 자시고, 뜨뜻한 커피까지 마셨다. 산촌 노동을 맞이하고자 의연히 집을 나섰다.

하루 해봤다고 나뭇잎 따기가 훨씬 편하고 쉽다. 새로운 나무와 풀을 보는 재미도 쏠쏠하다. 일과 놀이가 하나 되는 기분. 특히 기억에 남는 건 두릅이다. 나무에 달린 모습을 처음 보았기 때문. 이리저리 걷다가 갑자기 "두릅이다!" 하고 누군가 외치면 쪼르르 그쪽으로 몰려갔다. 그리고 보았다, 결혼식장 뷔페에서나 보았던 그 채소를.

나뭇가지 꼭대기에 쑥 하니 올라온 연둣빛 생명체. 모양새 때문인지는 몰라도 왠지 땅에서 캐낼 것만 같기도 했는데. 두릅 열린 모습을 처음 보았다는 게 부끄럽기보다 이제라도 그 생태를 알았다는 것이 진정 감격스럽다. 산촌 체험이 안겨준 앎의 기쁨에 가슴이 벅차다. 자연산 두릅이니 맛은 또 어떻겠는가. 그 귀한 걸 라면에 과감히 투척. 생전 처음 두릅라면을 먹어보았다. 감탄 또 감탄. 산 가까이 살면 이런 게 좋구나. 온 천지에 먹을거리가 널려 있으니. 그것도 내가 좋아하는 채소와 나물거리들이 말이야.

일하고 먹으며, 자연이 베풀어주는 선물을 몸과 마음에 들이면서 오후 다섯 시쯤 일을 마쳤다.

저녁에는 역시나 차 덖기가 이어졌다. 어제는 멋모르고 달려들어서 힘들었지 이번엔 할 만하다. 마음가짐이 달라지니 어려움도 줄어든다. 어떻게 하는 일인지 좀 안다 이거지. 모든 일을 마친 뒤에 전날과 다름없이 이어지는 즐거운 시간. 밤이 깊어가고 이야기도 짙어지고. 우리 부부야 이제 떠나지만 산골지인은 내일도 산으로 나서야 할 터. 더 함께하고 싶은 마음을 접고 잠자리에 든다. 휴, 내일부턴 잎 따는 일도 차 덖기도 안녕이구나. 시원섭섭하다.

다음 날도 여지없이 일찍 일어났다. 아침밥 먹고는 바로 가려다가 점심때까지만 일을 더 돕기로 마음을 바꿨다. 그냥 떠나기가 아무래도 미안했던 것. 세 시간쯤 말끔하게 일했다. 산골을 뜨는 발걸음이 한결 가볍고 뿌듯하다. 이젠 정말로 떠나야 할 시간. 두릅이며 직접 기른 표고버섯까지. 더 들어갈 수 없을 만큼 푸짐하게 싸준 가방을 행복한 마음으로 받아 들고 길을 떠났다.

6킬로미터? 그쯤은 껌이지!

농촌일 아니, 산촌 노동은 끝이 났고 이제 우리는 어디로 갈까나? 다 준비해놨지. 바로 우리 부부의 사랑, 휴양림이다. '일만 하는 여행은 할 수 없다, 노동한 피로는 노는 것으로 풀어야 한다'는 의지로 장수에 있는 와룡자연휴양림을 예약해두었다. 그나지나 장수터미널에서 버스를 탔는데 휴양림까지는 안 들어간다네? "어르신들 걸어가려면 1박 2일인데 젊은 사람들은 오늘 안에는 도착할 거예요." 기사님이 웃으며 말하신다. 휴양림에서 가장 가까운 곳에 세워는 주셨는데 거기서 6킬로미터는 올라가야 한다고. 6킬로미터? 그쯤은 껌이지! 쉬운 마음으로 걷기 시작.

그런데 말이지, 생각보다 힘들다. 흐리던 하늘은 비까지 부슬부슬 내릴 준비를 하시네. 짐은 무겁고, 이틀에 걸친 노동 여파도 밀려온다. 평평한 찻길이지만 계속되는 오르막길에 기운이 쭉쭉 빠진다. 6킬로미터를 쉽게 보는 게 아니었는데. 차도 거의 없고 사람 하나 안 보인다. 우리 부부는 그 길을 전세라도 낸 것처럼 걷고 또 걸었다.

와룡호를 중간에 두고 여러 마을을 지나며 곳곳의 생김새, 일하는 모습, 풍경 들을 부지런히 눈 안에 담아둔다. 첩첩 산에 골골이 깊어도 그럴 법한 곳마다 마을은 여지없이 자리 잡았다. 가는 길에 거친 마을이 한 네다섯 곳은 되는 듯. 이야긴즉슨 버스에서 내린 곳부터 휴양림까지 그렇게나 마을이 많다는 말씀이다. 그러니 그 거리가 얼마나 멀었겠나. 아무래도 6킬로미터는 넘을 거 같다고 우리 둘은 짐작했다.

버스정류장을 만났다. 와룡자연휴양림과 가까울 것으로 예상된다. 그렇다면 내일은 여기서 버스를 타야 한다. 차 시간표가 있는지 확인부터! 꼭 그래야만 한다. 만일 여기 차가 없다면 그 먼 길을 다시 걸어서 내려가야 하니 말이다. 한 번은 해도 두 번은 못 할 일. 호호, 겁먹을 필요 없다. 버스가 어디서 어디로 가는지랑 그 시간까지도 친절하게 쓰여 있으니까.

걷기 시작한 지 2시간은 지났을까. 드디어 도착을 했다, 해버렸다. 인간승리 부부여행단이여! 와룡자연휴양림 간판을 보는데 눈물이 날 만큼 기뻤다. 가파른 오르막길이 아닌데도 마지막엔

숨이 어찌나 턱턱 막히던지. 헉헉대는 우리 모습을 보면 안내소에 계신 분이 놀랄까 싶어 일부러 잠시 쉬면서 한숨 돌리기까지 했을 정도다.

숙소를 찾아가니 아담한 집이다. 여느 휴양림에서건 늘 그랬듯이 꼭 집에라도 온 것처럼 편하기만 하다. 가까이에 물놀이할 만한 냇물도 시원하게 흐르고 있다. 저녁은 냇가에서 먹기로. 경치가 이 정도면 좋다, 괜찮다. 방에 들어가자마자 대자로 뻗는 남편. 나는 주방에서 얼른 커피를 끓인다. 힘이 달려서 단 걸 당장 보충해야 할 상황. 믹스커피랑 터미널에서 산 빵을 먹었다. 며칠 동안 건강하고 맛있는 음식 많이 먹었는데도 농활 비슷한 느낌이 들었던 걸까. 산골지인네를 나오자마자 단것부터 당겼다. 달콤하게 배를 채우니 피곤했던 몸이 좀 풀린다. 휴양림에 오는 게 그런 까닭 아니겠나. 힘든 몸과 마음을 자연과 더불어 푹 쉬게 하기.

어느 정도 피곤이 풀리고 밥 생각이 난다. 저녁은 역시나 라면. 단, 그전에 끓이던 것과는 차원이 다르다. 자연산 두릅과 표고버섯을 넣은 고급 라면일지니. 귀한 음식이 담긴 냄비를 조심히 들고 바깥으로 나갔다. 평상에 앉아 흐르는 물소리 들으며 후루룩 먹는 라면. 느끼하지 않고 그윽한 향이 감돈다. 신선이 울고 갈 맛이다.

"안녕히 잘 놀다 갑니다, 와룡휴양림 씨"

누가 깨우는 것도 아닌데 다음 날 눈이 일찍 떠졌다. 이끌리듯 밖으로 나갔다. 연기처럼 보이는 멋진 구름 모양에 한참 동안 눈을 떼지 못했다. 산등성이에서 산꼭대기를 지나 하늘로 춤추듯 올라가는 구름. 우리가 콜콜 자던 새벽에는 저 하늘과 땅 어드메서 무엇을 하고 있었을까. 과학에 기대어 설명하기에는 너무 아름답고 벅찬 풍경이었다.

산책을 마치고 가벼이 아침밥을 먹고는 숙소를 나섰다. 버스정류장으로 가야 할 시간이다. 아직도 비는 오고 있다. 우산을 미처 챙기지 못해서 모자랑 잠바로 온몸을 꽁꽁 감고 길을 떠났다. 이 정도 비는 오히려 분위기를 더 살려준다. 촉촉하게 젖은 땅이 푸근하게 느껴진다. '안녕히 가십시오.' 휴양림 나가는 길에 크게 보이는 글자도 정겹

네. 괜스레 답인사를 건네고 싶다. "네, 안녕히 잘 놀다 갑니다. 다음에 또 볼 기회 있으면 좋겠네요, 와룡휴양림 씨."

어제 봐둔 정류장으로 가니 아주머니들이 몇 분 계신다. 등산복 차림을 한 우리가 눈에 띄었는지 한 할머니가 대뜸 말을 건네신다. "어디서 왔수, 휴양림서 묵었는가." "네." "안 그래도 어제 올라가더만." 헉! 우리가 낑낑대는 바로 그 모습을 목격했다는 말씀에 어찌나 당황스럽던지. 이래서 착하게 살아야 하고 어딜 가든 행실 바르게 굴어야 한다. 실수로 비칠 행동이라도 길에서 했으면 어쩔 뻔했나. 휴양림 가는 길 내내 마을이 있더니 이런 인연도 다 만난다. 처음엔 좀 놀랐지만 나중엔 은근히 재미나고 신기하기만 했다. 이런 게 시골 마을에서 맛볼 수 있는 특별한 맛일지도 모르겠다. 기분이 오묘하게 괜찮았다.

버스 올 시간이 가까워진다. 정류장으로 오는 사람들이 하나둘 늘어난다. 우리가 앉은 의자에 살짝 끼어 앉은 아주머니 한 분이 말을 건다. "우리 딸은 전국을 걸어 다녀요. 한때는 몸이 많이 아팠는데 지금은 아주 쌩쌩하죠." 딸 이야기를 청산

유수로 풀어놓는다. 무거운 가방 지고 있는 우리를 보면서 자식 생각이 저절로 났나 보다.

정류장에 모인 다른 사람들도 이야기보따리가 끝이 없다. 어디 가나 사람이 반갑고, 만나면 얘기 나누고픈 마음이겠지. 우리가 기다리는 버스는 천천면을 지나 진안으로 가는 차편이다. 말씀들을 들어보니 우리가 선 자리는 진안과 경계 지역이라서 장수읍보다는 외려 진안 쪽으로 자주 나가게 된단다. 이런 풍경이나 상황. 서울에 여느 정류장에선 꿈도 꾸지 못할 일이겠지. 처음 보는 우리한테 마을 농사일이며 집안 사정까지 스스럼없이 말하는 아주머니들을 보면서 마음이 시큰하고도 푸근해진다. 사람들 인심이 참 따뜻한 것 같다.

기다리던 버스가 오고 어제 힘겹게 오른 그 길이 버스로는 금방이다. 기계문명과 석유문명을 벗어나고 싶은 마음은 굴뚝 같은데…. 이럴 때면 석유가 있어 다행이란 생각이 절로 드니 과연 우리 부부는 앞으로 얼마나 이 기계문명을 외면하고 살아갈 수 있을 것인가. 정류장에서 만났던, 우리가 전날 길 걷는 거 보았다던 그 할머니. 버스에서 같이 내렸는데 우리한테 손짓으로 터미널 입구를 알려주신다. 그 살뜰한 친절함에 눈물이 핑 돌려고 한다. 상대를 가리지 않고 저절로 우러나는 바로 그 '정' 때문에.

집에 돌아오는 길, 지하철역에 책 파는 곳이 있다. 산야초, 효소 어쩌고 하는 책이 많네. 어쩜, 남편이 관심 많은 분야다. 그럼 나는 무엇에 관심이 있을까? 아직 찾아보고 있는 중이다. 느껴보고 있는 중이다. 기다려보고 있는 중이다. 나한테 다가올 그 무엇이 과연 무엇이 될지.

집에 돌아와 남편이 메모지에 써둔 장수 여행 후기를 살짜쿵 들여다봤다.

"무주상보시의 땅 장수. 뛰어난 산세도 빼어난 물줄기도, 큰 역사의 문화와 향기도 좀체 찾을 수 없는 곳. 그곳엔 향교를 지킨 향교지기, 말에서 떨어진 주인과 얽힌 아전의 타루비, 논개의 생가 등 지배자에 충성한 민초들 삶의 단락만이 보일 뿐이다. 얼마나 못난 지배층이었으면 수백, 수천 년의 시간 속에 각인조차 없었던가. 그곳을 지킨 민초들의 고단한 삶과 애환이 경이로울 뿐이다. 기이한 바위, 괴이한 돌들이 없어도 수만 년 이어

오며 금강의 젖줄을 이어준 발원지 뜬봉샘. 자태를 뽐내지도 않고 '무주상보시'를 면면히 실천해 온 땅이다."

남편의 글 덕분일까. 왠지 더 마음이 끌린다. 나를 못내 힘들게 만들었던, 첩첩이 산중으로 둘러싸인 이 고장 장수가….

6장

산나물이 이끈 알뜰하고 황홀한 여정

통고산자연휴양림

산나물 구경과 귀촌을 대하는 마음

조금씩 더워지는 날씨를 느끼며 다시 여행을 떠났다. 이번에도 시골 체험이 목적인 것은 비슷하나 그 내용이 좀 달랐다. 손발 부리며 애써 노동하는 게 아니라 온갖 산나물을 '구경하는' 체험을 해보기로 한 것. 그게 무슨 체험씩이나 되느냐고? 맞다, 적어도 우리 부부한테는.

이쯤에서 귀촌을 대하는 내 마음 상태를 잠깐 들여다보기로 하자. 자연과 더불어 살아야 한다는 것, 그 길이 지구와 모두의 삶을 위해 꼭 필요하다는 '의지'가 귀촌을 생각하게 만든 경우다. 자연스레 우러난 '마음'보단 그래야 한다는 '생각'이 크게 작용하고 있는 것. 해서 귀농이든 귀촌이든 무얼 하며 지낼지 구체적인 그림이 잘 서 있지 않다. 이에 견줘 남편은 오래전부터 귀농을 꿈꿔왔고 하고 싶은 것도 있다. 바로 산나물, 산야초 관련 일이다. 구체적으로 생각해본 적은 잘 없지만 마음에 퍽 와닿는 대상이긴 하다. 왜 그런지는 간단하다. 내가 참말로 좋아하는 먹을거리이기 때문이다.

어릴 때부터 나물이나 채소를 잘 먹었던 나는 (꼭 고기를 못 먹는 체질이어서 그런 것만은 아닐 듯.) 나이가 들수록 그런 음식들에 더욱 많이 끌린다. 좋아하는 음식이 뭐냐고 누가 물으면 대답은 한결같았다. "나물이요!" 산나물 정식 같은 밥상을 마주하면(비싸서 엄두는 잘 못 낸다.) 절로 헤벌쭉해진다. 고기 먹을 줄 아는 남편도 채소 반찬 좋아하기는 마찬가지. 부부 모두 이런 식성을 지녔기에 산야초나 산나물 일에 더 매력을 느낀 게 사실이다. 더구나 산을 좋아하는 우리 성격도 크게 작용했고.

봄기운이 한창일 때부터 남편은 산나물, 산야초와 관련된 일을 해보거나 그도 아니면 구경이라도 제대로 할 수 있는 일정을 잡으려고 애썼다. 생전 모르는 어떤 분한테는 찾아가서 일손을 좀 도울 수 있는지 전자우편을 보내기도 했다. 아쉽

살짜쿵 휴양림

게도 답장이 없어 실천하지는 못했다. 이 방법 저 방법 궁리하다가 때마침 강원도, 경기도를 비롯한 여러 지역에서 산나물축제가 열린다는 걸 알고는 가볼 만한 곳을 알아보기 시작했다.

일정 맞추기가 쉽지는 않았다. 그러다가 다른 곳보다 조금 늦게 행사를 시작하는 '영양산나물축제'에 눈길이 갔다. 먼 지역이니 왠지 온갖 산나물을 제대로 볼 수 있을 것도 같다. 주말이 껴 있어서 조금 걱정이기는 했지만(나들이 철이라 숙소 잡기 어려울까 봐) 가기로 결정. 영양까지 간 김에 이곳저곳 더 둘러보자고 마음을 맞췄다. 며칠 심사숙고 끝에 남편이 쓱 내놓은 일정은 가히 환상적이었다. 왜 그런지는 앞으로 이어질 이야기들 속에서 차근차근 드러날지니.

축제니까 비싸겠지, 오죽 맛있겠어?

경북 영양군은 서울에서 멀었다. 무려 4시간 반. 그동안 세 시간 안팎 걸리던 곳을 주로 다녔던지라 꽤 길게 느껴졌다. 영양터미널에 내려서는 '살면서 이런 데까지 다 와보는구나' 싶더라. 이

자리에 서 있다는 것 자체가 신기하고 또 실감이 잘 안 났다.

터미널에서 빠져나와 군청 쪽으로 걸어갔다. 곳곳에 축제를 알리는 현수막이 가득하다. 드디어 천막 가득 늘어선 현장에 도착. 나물마다 지정 가격을 붙여 놓았네. 적어도 바가지는 안 씌우겠군, 싶으면서도 좀 섭섭하다. 이 산 저 들에서 캐온 산나물이 옹기종기 펼쳐진, 장터 비슷한 풍경을 기대했던 것과는 좀 달랐으니까. 꼭 커다란 채소 가게에라도 온 듯한 기분이다. '나물이 저렇게나 많은데 다 산에서 채취한 게 맞을까?' 궁금하기도 했다.

조금 둘러보다가 다시금 터미널로 발길을 돌렸다. 일월산 근처에서도 축제가 열린다니 그쪽으로 가보기로 한다. 색다른 무언가가 기다리고 있을지도 모르니까. 일월자생화공원으로 가는 버스를 탔다. 내리기 전에 기사님한테 읍내로 돌아가는 막차 시간을 물었더니 자세히 알려주신다. 아마 자기가 그 버스를 몰고 올 것이라는 말도 덧붙이면서. 친절한 대답에 흐뭇한 마음이다. 차에서 내려 눈앞에 펼쳐진 자생화공원으로 들어갔다.

꽃이 있으니 공원이라는 건 알겠는데 정면에 무섭게 생긴 큰 구멍은 뭐지? 미리 정보를 알고 온 남편이 알려주길 광산이란다. 저런 곳에 웬 광산일까? 궁금증은 직접 풀어보기로 하고 행사장 이곳저곳을 두리번거렸다. 우리에게 지금 당장 필요한 것은? 바로 산나물축제에 어울리는 맛있는 점심.

먹을거리 냄새 솔솔 풍기는 천막이 바로 보인다. 기쁜 마음으로 가격표를 보는데, 어라? 산나물비빔밥이 생각보다 값이 세다. 그래, 축제니까 비싸겠지. 산지 나물로 만들었을 텐데, 오죽 맛있겠어? 차마 두 그릇은 못 시키겠고 비빔밥 하나에 나물전 한 개를 주문해서 늦은 점심을 먹는다. 배는 고프고 볼 것도 많으니 눈앞에 있는 거 후다닥 먹어치우고 자리를 떴다.

자생화공원은 규모가 작은 만큼 행사도 소박하게 꾸려졌다. 사람에 치이지 않고 일월산 밑자락이 준 포근함을 은근하게 즐길 수 있었다. 이곳저곳 거닐다가 맨 처음 내 눈을 놀라게 했던 그 광산에 이르렀다. 가까이서 바라보니 더 우중충하고 어두컴컴한 분위기다. 괜히 두려워진다. 대체 이곳에 왜 광산이?

설명글을 보자꾸나. '영양 구 용화광산 선광장'이란 제목 아래 이어지는 글을 죽 훑었다. 일제강점기 때 만든 광산으로, 채굴한 광석을 갈거나 분리하는 일을 하던 곳이란다. 우리나라에 남아 있는 선광장으론 여기 하나뿐이라고. 일제시대에 이곳에선 얼마나 많은 사람들이 노역을 당했으려나. 살짝 서글픔이 밀려온다. 뜻밖에 만나게 된 살아 있는 역사 공간. 산속으로 들어가는 탄광열차 모습을 재현해놓은 것도 보인다. 오래돼서 군데군데 금이 갔지만 광산 벽은 여전히 단단했다. 그 시커먼 구멍에서 사람이 튀어나오기라도 할 것만 같다. 이젠 그만 내려가야지.

나를 사로잡은 치유의 공간 '외씨버선길'

문득 하늘을 쳐다본다. 하늘과 구름과 산과 나무. 얼마나 자연스럽고도 아름다운 조화인지. 역시 하늘은 산과 어우러져 있을 때 가장 보기 좋다. 도시에서 빌딩과 아파트 사이로 보이는 하늘은 아름답기는커녕 아파 보인다. 도시가 내뿜는 공기에 찌들어서 파란빛조차 잃어버린 듯한 그 풍경이 떠오른다. 높푸른 하늘을 볼 수 있다는 것만으로도 여행 온 보람이 가득 느껴지네. 이런 모습을 날마다 보기 위해서라도 귀촌을 해야 할 것 같다.

공원 가운데쯤에 커다란 돌이 보인다. 거기에 그림과 함께 시 한 수가 새겨져 있다.

"얇은 사 하이얀 고깔은 고이 접어서 나빌레라… 소매는 길어서 하늘은 넓고 돌아설 듯 날아가며 사뿐히 접어 올린 외씨버선이여…"

「승무」라는 시로 잘 알려진 조지훈 시인이 이 고장에서 나고 자란 분이다. 곧 있으면 조지훈 문화제도 열릴 예정이라고. 학교 다닐 때 한창 열심히 외던 이 시를 먼 고장에 찾아와 불쑥 만나니 무척 남다르다. 이 공간과 어우러져 더 그런가.

문학의 힘이란 얼마나 놀라운 건지. 강원도엔 소설가 김유정 이름을 딴 '김유정역'이 있더니만. 여기서는 시에 나오는 낱말 하나로 만들어진 여행길이 있으니 다름 아닌 '외씨버선길'이다. 남편이 이번 여행 떠나기 전부터 외씨버선 어쩌고 말하는 걸 얼결에 듣기는 했다. 별다르게 생각하지 않았는데 「승무」라는 시와 이어진 곳일 줄은 참말 몰랐다. 우리의 다음 여정은 당연히 외씨버선길. 자생화공원에서 그쪽으로 가는 길이 바로 이어져 있었다. 과연 어떤 곳일까? 설마 외씨버선처럼 생긴 길은 아니겠지?

조금 걸어가니 '외씨버선길'이라고 쓴 작은 나무판이 보인다. 잘 가고 있나 보다. 담쟁이 같은 풀에 휘감긴 돌다리가 보인다. 사뿐사뿐 건너주었다. 걸으면서 곳곳에 있는 표식을 통해 알았다. 지금 내 발밑이 바로 외씨버선길이라는 걸. 어디서 끝나는지는 모르겠지만 좁다란 길 위에 서 있는 이 순간이 마음에 든다. 한 걸음 두 걸음 내딛을수록 이 공간이 주는 매력에 자꾸 빠지게 된다. 바로 옆에 졸졸졸 흐르는 계곡도 맘에 콕 든다. 작은 물길인데도 깊이가 느껴지고 물도 맑다. 사람 사는 곳에서 한참 벗어난 듯한 느낌을 주는 계곡 길과 산길. "참 좋다!" 우리 둘은 연신 감탄했다.

오붓하게 이 길을 더 걷고 싶었지만 어느 정도 가다가는 걸음을 멈추었다. 읍내로 돌아갈 버스를 놓칠 수 있겠다 싶어서 온 길을 되돌아가기로 한 것. 알고 보니 우리가 걸었던 그 길은 외씨 버선길에서도 '치유의 길' 구간이었다. 그래서 그리도 마음이 편안하고 좋았던가 보다. 다음에 외씨버선길만 따로 여행해도 좋을 듯하다. 그때가 언제가 될지는 모르지만, 다음에 다시 오고 싶은 곳을 만났다는 것만으로도 여행은 행복한 게 아닐까 싶다.

차라리 길에서 자면 잤지

다시 자생화공원. 정류장 표시가 딱히 없다. 버스가 설 만해 보이는 곳으로 가서는 철퍼덕 주저앉는다. 무턱대고 기다리기 시작. "버스가 오겠지? 안 오면 어떡하지?" "아니야, 아까 그 기사님이 자기가 운전하는 버스가 올 거라고 했잖아. 그러니까 꼭 올 거야." 부부 사이에 걱정과 확신을 주고받는 대화가 오간다. 믿음이 정답이었다. 버스는 왔으니까. 아까 만났던 바로 그 기사님이 몰고 온 차였다.

영양 읍내에 돌아오니 날씨가 어둑어둑하다. 숙소부터 구해야겠다. 터미널 가까이에 모텔이 있다. 들어갔더니만 방이 없단다. 다른 곳으로 가 본다. 이런, 처음 들른 곳보다 적잖이 비싸다. 그나마 방도 하나만 남았다고. 몇십 미터도 안 떨어진 곳에서 이렇게 차이가 나다니! 다른 곳을 또 찾아본다. 번쩍거리는 커다란 건물이 보인다. 이런 데는 얼마나 하는지 알아두려고 물어보니 그 값이 헉! 게다가 자리도 없다네. 있어도 안 묵었겠지만 비싸구나, 비싸.

아무래도 읍내 숙박업소들한텐 크게 한몫 잡는 때인가 보다. 축제 기간이고 주말이기까지 하니 더욱 그렇겠지. '이걸 어쩐다? 이러다 정말로 잠자리를 못 구하는 거 아닐까. 방 하나 남았다던 모텔에 다시 가야 하나? 안 돼! 차라리 길에서 자면 잤지. 나도 자존심이 있다고. 정 안 되면 피시방이라도 찾아보자.' 결연한 마음으로 곳곳을 헤매 다녔다. 저만치서 아스라이 불빛이 보인다. 어둠을 헤치고 찾아가니 모텔이 맞다. 방도 있고 값도 우리한테 적당하다. 이젠 됐다. 안도감을 느끼며 숙소에 짐을 풀었다.

아직 쉴 수는 없지. 밤 산책을 나섰다. 포장마차가 즐비하네. 야호! 내가 좋아하는 풍경이다. 메

뉴가 간단하면서도 축제 분위기 물씬 느낄 수 있는 그런 곳 어디 없을까? 잘 모르겠네. 사람 많은 데 들어가 다들 먹는 걸 따라서 배를 알맞게 채웠다. 길거리 구경을 시작했다. 사람들이 많기도 하다. 가만 보니 외지 사람보단 이 고장 분들이 많은 것만 같다. 그래, 이럴 때 실컷 한바탕 놀아보겠구나. 고된 농사일을 하던 중에 큰 잔치판이 벌어지니 얼마나 좋을까. 왠지 나 같은 여행객이 여기 있는 게 되레 미안한 마음이 들기도 했다.

갑자기 둘레가 '번쩍!' 한다. 불꽃놀이다. 은근히 기대를 안고 지켜보는데 생각보다 짧게 끝난다. 못내 아쉬워하니까 남편이 말하길, 군에서 이 정도 준비하는 것도 돈이 크게 들었을 거라나. 많이 신경 쓴 걸 테니 좋게 봐주란다. 듣고 보니 그럴 법도 하겠다. 저녁 구경 충분히 하고서 어렵게 구한 모텔로 돌아갔다. 아침 일찍부터 지금까지 하루가 끝나기도 전에 한 일, 본 거, 느낀 점까지 두루 많기만 하다. 이제 시작인데, 이번 여행길은 아직 3일이나 더 남았는데.

정겨운 칭찬 "알뜰타"

휴양림보다는 덜 아늑하지만 그럭저럭 괜찮았던 잠자리. 늦지 않게 일어나 바깥으로 나왔다. 비가 추적추적 온다. 시장 안에 있는 식당에 들어갔다. 할머니뻘 될 듯한 아주머니 한 분이 혼자 계신다. 칼국수를 주문하려니까 그냥 나물비빔밥 먹으라고 권하신다. "저희가 비도 오고 해서 국물 있는 거 먹으려는데요." 하니까 "콩나물국 있어, 그거 먹어요." 하신다. 주는 대로 먹기로 했다.

말씀 듣기를 잘했지. 나물 그득그득한 밥이 나오는데 갑자기 입이 째진다. 내가 먹고 싶던 게 바로 이거야. 아주머니 인심도 넉넉해서 다른 반찬들을 자꾸 퍼다 주시네. 시원하게 끓인 콩나물국까지 같이 먹으니 이보다 더 좋을 순 없다. 허름한 식당이 준 커다란 선물이었다.

커피까지 끓여주시는 걸 맛나게 먹고 나오려는데 주인아주머니가 어디로 가느냐고 묻는다. 터미널 쪽으로 간다고 하니 차가 없냐고 다시 묻는다. "저희 버스 타고 왔어요. 자가용은 원래 없어요." 간단히 대답하고 마는데 갑자기 아주머니가 내 얼굴을 포근하게 쓰다듬으면서 "알뜰타~."
하고 너무너무 정겨운 한마디를 툭 던지시는 게
아닌가. 차 없이 다니는 사람이 드물긴 하다지만,
우리 부부의 모양새가 그렇게나 '알뜰해' 보인 걸
까. 처음엔 좀 당황했다가 아주머니 얼굴에서 진
실한 마음을 느꼈다. "고맙습니다." 수줍게 인사
를 드리고 식당을 나서는데 참 푸근하다. 구수하
고 사근사근한 경상도 말 '알뜰타'가 귀에 어찌나
생생하던지 자꾸만 바로 옆에서 들리는 것만 같
았다.

밥 잘 먹고 고마운 말씀도 듣고. 힘이 잔뜩 나
서 군청 쪽으로 성큼성큼 나아갔다. 비가 오고 시
간이 이른데도 사람들이 아주 많다. 어제 미처 못
본 풍경들이 하나둘 눈에 들어온다. 한 천막에는
산나물김치가 좍 늘어서 있다. 잠시 고심하다 당
귀, 곰취, 산마늘로 만든 김치를 하나씩 샀다. 혹
시라도 산에서 살게 될지 모를 우리 앞날을 위해
이런 음식들은 먹어보는 게 필요할 것 같았다. 작
은 상자에 담긴 산나물 양갱도 달콤하니 좋네. 효
소 종류도 가지가지다. 산나물이랑 산야초로 만
들 수 있는 먹을거리가 정말 많았다.

오늘의 하이라이트, 무료 시식! 그것도 내가 사랑해 마지않는 산채요리다. 얼른 달려가서 하나하나 접시에 담았다. 참도살피숙채와 참나물샐러드를 집는다. 이어지는 요리의 향연. 산채김밥, 묵나물볶음, 고사리찜, 어수리숙채, 참두릅숙채, 개두릅숙채, 곰취보쌈…. 먹음직한 때깔에 군침이 팍팍 도는 나물들을 한 접시 그득하게 받아 들었을 때 어찌나 황홀하던지. 축제에 온 기분 제대로 느끼는 순간이다.

눈 구경 실컷 하고 배는 한껏 부르고. 다음 일정만 없다면 이 장소에 계속 머물러도 재밌을 거 같았다. 사람들이 바글바글 많은 것도 이 행사가 그만큼 알차다는 이야기겠지. 영양산나물축제, 다시 만나러 올 수 있을까. 또 모르지. 나중엔 우리 부부도 어느 산나물축제에서 손님이 아니라 참가자로 바삐 움직이고 있을지도.

세상과 동떨어진 곳에 와 있는 기분

영양에 이어서 우리 부부가 가려는 여행지는 울진이다. 거길 왜 가느냐면 통고산자연휴양림에

구수하고 사근사근한
경상도 말 '알뜰타'가 귀에
어찌나 생생하던지 자꾸만
바로 옆에서
들리는 것만 같았다.

서 쉬기 위함이다. 이 휴양림을 어쩌다 고르게 됐느냐면 울진에 있어서 정한 곳이다. 말이 막 돌고 도나?

영양산나물축제를 시작으로 한 이번 여행은 경상북도에서 강원도까지 죽 이어지는 여정이다. 경북 영양군이 동해에서 가까웠다. 동해바다에 펼쳐진 해안선 따라 강원도까지 죽 올라가 보기로 했다. 그전엔 전라북도 둘레를 주로 다녔는데 이번 참에 우리 여행의 폭을 조금 넓혀보자는 마음으로 정한 길이었다.

영양터미널에서 울진으로 가는 버스를 알아봤다. 이런! 지도상 거리는 가까운데 바로 가는 차편이 없다. 영해라는 곳에서 갈아타야 한단다. 영양에서 울진. 그리 먼 곳도 아닌데 은근히 번거롭다. 자가용 없는 신세에 별수 있나. 영양에서 영해 거쳐 울진까지 버스 두 번을 타고 도착했다. 차로 가는 길 내내 아득한 첩첩산중이다. 조금 불편해도 돌아 돌아 가다 보면 이곳저곳 풍경을 볼 수 있으니 얻는 것도 많다. 특히 영해터미널에서 만난 제비집은 오랜만에 보는 정겨운 모습이었다.

울진도 처음 와보는 지역. 서울 안 개구리인

나한텐 참말이지 우리나라 곳곳이 낯설기만 하다. 터미널 앞 안내소에 들어가니 택시 기사 몇 사람이 쉬고 있다. 통고산자연휴양림 가는 버스가 있는지 슬며시 물어봤다. 어느 한 분 말씀이 길 건너편에서 2시 반쯤에 차가 올 거란다. 그 말만 믿고 부리나케 휴양림용 식량을 사고는 버스를 기다렸다. 웬걸? 2시 반이 지나고 3시가 넘어도 차는 올 생각을 안 한다. 운전기사님 말씀이어서 철석같이 믿었건만. 속이 부르르 끓었다. 차라리 모른다고 할 일이지.

정류장에 붙어 있는 시간표를 샅샅이 살폈다. 소광리 방향 차를 타면 되겠다는 판단이 든다. 통고산자연휴양림이 소광리 근처라는 걸 남편이 파악해둔 덕분이다. 읍내든 산골짜기든 버스 시간표를 보면 어디서 어디로 간다는 건지 헷갈릴 때가 많다. 이번에도 한참을 들여다본 뒤에야 간신히 이해를 했다. 시골 버스 잘 타려면 그 지역 마을 이름도 되도록 많이 알아두는 게 필요할 듯하다. 우리 생각이 잘 맞아서 3시 45분에 차가 왔다. 휴, 다행이다.

버스 타고 가는 길. 창문 너머로 구름을 머금

은 산등성이가 신비롭다. 그 아래쪽이 잘 알려진 불영계곡이다. 높은 산과 계곡이 좌르륵 이어진 풍경이 깊고도 그윽하며 찬란하다. 가히 절경이다. 곳곳에 전망대 비슷한 정자가 있다. 자가용 탄 사람들은 잠깐 멈춰 서서 구경 제대로 할 수 있겠더라. 이때만큼은 우리 차가 있으면 좋겠다는 아쉬움이 들었다. 여태 다니면서 그런 생각 해본 적 거의 없었는데.

버스 기사님이 우리를 내려준 곳은 '금강소나무 군락지' 표지가 있는 곳이다. 여기서 1.2킬로미터 올라가면 통고산자연휴양림이 나온다고 지도에 나와 있기에 별걱정은 없었다. 차창 너머로 군데군데 누런색을 띤 소나무가 보이더니만 그게 금강소나무였나 보다. 금빛이 나서 금강소나무라고 한다지, 아마?

완만한 찻길을 걷는다. 크게 힘들진 않지만 지나가는 차들이 쌩쌩 달리고, 구불구불한 곳도 더러 있어서 은근히 신경 써서 다녀야 했다. 남편이랑 앞서거니 뒤서거니, 둘레 풍경 슬슬 살피면서 걷는다. 계곡 물소리 좋고 독특한 모습을 한 나무도 많이 보인다. 한적하고 조용하게 이어지는 시간들. 깨끗하게 포장된 찻길이지만 너무나 고요해서 걷는 내내 세상과 동떨어진 곳에 와 있는 기분이었다.

그나저나 1.2킬로미터라고 한 게 아무래도 틀린 건지. 우리 생각에 충분히 많이 걸은 듯한데 휴양림 안내 표시가 하나도 없다. 괜히 걱정돼서 손전화로 인터넷 지도를 확인해봐도 이 길이 맞다고 한다. 가다 보면 나오겠지, 하다가도 불안감이 인다. 목적지가 불확실하다 싶을 때 걱정병이 도지는 내 성격. 정말 쯧쯧.

역시나 쓸데없는 불안이었다. 통고산자연휴양림이라는 간판이 끝내는 나왔으니까. 아담하고 예쁜 입구를 지나 관리사무소에 이르렀다. 숙소 열쇠를 받으면서 내일 아침 울진 가는 버스가 몇 시인지 물었다. 10시 몇 분쯤이니 그전에 나오면 된다는 답을 들었다. 혹시나 해서 다시금 확인해도 확실하다는 대답이 돌아온다. 그분 말씀을 단단히 믿고 우리가 쉴 곳을 찾아 올라갔다.

통고산자연휴양림과 아주 예쁜 길

어머나, 이 좋은 길 좀 보소! 눈앞에 펼쳐진 풍경에 입이 헤 벌어진다. 울창한 나무 사이로 소박하게 난 길. 분위기가 끝내준다. 다른 휴양림하고는 또 다른 맛이 폴폴 풍기는, 아주 예쁜(다른 표현 뭐 없나? 언어 구사력이 너무 떨어지는 내가 한스럽다.) 길이었다. 나무 흐드러지고, 풀 많고, 공기도 좋고. 차를 가져온 사람들은 숙소로 가는 길에 이런 분위기를 못 느끼고 쉭 지나치겠지.

소나무 숲이 좌르륵 이어진다. 눈도 마음도 싱그럽기만 하다. 짙은 초록빛 위로 연하게 돋아난 새순. 생명이 움트는 기운이 물씬물씬 풍긴다. 소나무마다 갈색으로 지는 잎, 초록으로 생생한 것, 연두로 막 태어난 새순까지 한 가지에 모여 있다. 나무의 생과 사 그리고 현재를 한눈에 보여주는 모습이다. 옹이가 있는 나무도 만났다. 나무에서 상처 입은 곳이 아문 흔적들. 마음에 옹이가 있다는 말이 떠오른다. 이 나무도 단단하게 옹이가 박힐 때까지 많이 아팠으려나. 자연학습 기분을 톡톡히 느끼면서 숙소에 이르렀다.

휴양림 직원들을 모델로 한 것처럼 보이는 커다란 나무 인형 두 개가 우리를 반긴다. 환영받는 느낌이다. 벌써 저녁때. 영양에서 뜬 뒤로 제대로 먹은 게 없다. 서둘러 라면 끓이고 햄 부치고 지역 막걸리까지 올려 한상 차렸다. 이른바 우리 부부의 휴양림 밥상 표준치다. 다만 산나물축제에서 건진 김치가 있기에 다른 때보다 조금 더 풍성해졌다. 두둑이 배를 채우고는 가볍게 숙소 둘레를 거닐었다. 오늘 하루 지친 몸 쉴 수 있는 정도로만.

다음 날 무척 일찍 일어났다. 새벽 6시 즈음이던가? 늦잠꾸러기인 나도 휴양림에만 오면 저절로 눈이 빨리 떠지네. 잘 쉰 만큼 힘이 솟는다. 새로운 산책길을 찾아 나섰다. 산길이 촉촉하고 고즈넉하다.

다릅나무 앞에 놓인 설명글이 눈에 확 들어온다. "껍질이 때가 밀리듯 옆으로 말려서 벗겨져요. 겉과 속의 색깔이 다르다 하여 '다른나무'라 불렀는데 '다릅나무'로 바뀌었대요." 나뭇가지를 보니 정말로 그렇다. 나무 공부가 저절로 되는 재미난 설명이다. "다른나무, 다른나무, 다릅나무⋯." 입으로 자꾸 따라 하게 된다. 가는 곳곳에 숲 생태를 설명해주는 글이 많다. 보는 족족 신선함과 재치가 넘쳐난다. 숲과 자연을 재미나게 이해할 수 있게끔 이끌어주는, 이런 안내판을 만든 분들은 왠지 독특하고 멋진 사람들일 것 같다.

조금 가파른 산책길을 맞닥뜨렸다. 우리야 좋지. 평탄한 길은 편하긴 해도 짜릿함이 덜하거든. 헉헉대면서 마지막 계단까지 오르니 전망대 비슷한 공간이 있다. 힘든 길은 여기서 끝인가 보군. 혼자 흐뭇해하다가 안내판 글자가 슬며시 눈에 들어온다. "여기까지 오시느라 힘드셨죠~!!" 은근히 깜짝 놀랐다. 정말로 힘들었는데 그 마음을 어찌 알았나 싶어서.

'나를 만나는 곳'이라는 안내판도 보인다. 이름 참 괜찮네. 거기 써 있는 글도 좋다. "지금은 마음이 이끄는 대로 그냥 따라가 보는 시간이랍니다. 그동안 잊고 있었던 자신과 만나는 소중한 시간이 될 거예요!" 그래, 이게 바로 휴양림이 줄 수 있는 작은 선물이지. 뻔한 내용 같은데도 마음에 참 와닿았다. 기분이 한껏 좋아져서 눈앞에 펼쳐진 풍경을 바라본다. 아, 좋고 또 좋구나. 자연의 보살핌을 받으며 나를 만나는 시간.

숙소에 돌아와 짐을 정리한다. 하룻밤 사이에 정이 든 통고산자연휴양림. 숲길은 해가 있고 없을 때 사뭇 다른 분위기를 풍긴다. 어제와 같은 길을 내려가는데 느낌이 색다르다. 추억을 더듬듯 우리를 반겨준 산과 나무들을 촉촉한 눈빛으로 바라보았다. "이젠 안녕, 통고산자연휴양림이여~." 아쉬운 인사를 건넸다. 자, 이젠 바다로 갈 차례다.

7장

바다와 산의 행복한 합주
대관령자연휴양림

히치하이킹은 어려워

아늑하게 우리를 안아준 통고산자연휴양림을 살포시 빠져나왔다. 바다가 있는 강릉으로 갈 생각에 잔뜩 부푼 가슴으로 버스를 기다리는데…. 안타깝게도 작은 사고가 났다. 휴양림 직원한테 확인한 시간에 맞춰 정류장에 이르렀건만. 그 시간이 지나도록 아무 소식이 없다. 10분, 20분… 30분이 지나도 마찬가지다.

시골 버스 적잖이 타봤지만 정해진 시간은 거의 잘 지키던데. 무슨 일이지? 하도 차가 안 오니까 슬슬 걱정된다. 혹시 때를 잘못 알려준 게 아닐까? 통고산자연휴양림 안내소를 다시 찾아갔다. 직원 분은 우리 말을 듣더니 당황한 모습이 역력하다. 버스 시간은 자기가 알려준 그때가 맞단다. 오지 않은 까닭까지는 확인하기 어려운 듯했다.

다음 차가 두 시간은 지나야 온다고 한다. 대체 이 걸 어쩐다? 뭔가 대책을 세워야 했다.

우리 힘으로 해결해야겠다고 마음은 먹었지만 할 수 있는 게 없다. 이것도 여행이 준 경험이라면 경험일 거라고, 좋은 쪽으로 생각하려고 마음부터 다잡는다. '계획이 어그러진 만큼 우리한테 새로운 무언가가 다가올 거야.' 무거운 배낭 내려두고 이 호젓한 시간을 잠시나마 즐겨보려 했다. 잘 안 되네. 다음 일정 때문에라도 한없이 버스만 기다릴 수가 없겠다.

히치하이킹에 도전해보기로 했다. 코빼기도 보이지 않는 차. 없어도 너무 없다. 어쩌다 한 대 지나가도 쑥스러운 나머지 그 앞에서 얼쩡대다가 제대로 시도조차 하지 못한다. 바지라도 걷어야 할까, 별별 생각을 다 하면서도 결국은 포기. "우리 성격엔 이게 안 맞나 봐." "그래, 생긴 대로 살자." 운에 기대지 말자며 남편과 의지를 다졌다. 정처 없이 걷는 우리 옆에 갑자기 차 한 대가 섰다. 통고산자연휴양림 직원이었다. 모르긴 몰라도 우리 때문에 고민을 좀 했나 보다. 버스 탈 만한 곳으로 데려다주겠단다. 냉큼 얻어 탔다. 마음을 비우니까 오히려 행운이 찾아오네.

한적한 어느 마을 앞에 내렸다. 정류장부터 찾아야지. 자그마한 가게가 보인다. 반가운 마음에 불쑥 들어가 울진 가는 버스 시간을 물었다. "저기 시간표 붙어 있어요." 퉁명스러운 대답이 돌아온다. 가게 유리에 있는 걸 보기는 했지만 확실하게 알고 싶었는데. 이 고장 분한테 말 한번 걸어보고 싶기도 했고. 쌀쌀맞은 대답에 속으로 상처가 인다. 음료수라도 하나 사 먹었으면 좀 달랐으려나. 뭔가 서러운 마음을 안고 무작정 아래쪽으로 내려갔다. 다행히 정류장이 또 보인다. 오후 1시 반에 버스가 온다고 돼 있다. 한참이나 남았네. '밥도 먹고 이 둘레 구경도 하자. 그러라고 아침부터 그렇게 일이 벌어진 걸 거야.' 느긋이 마음을 다독였다.

우리만의 신호 '강릉슈퍼!'

금강산도 식후경이라고 아침에 커피 말곤 먹은 게 없으니 배가 고프다. 휴가철이면 불영계곡 찾는 사람들 때문에라도 뭔가 넘쳐날 것이 분명

한 이곳. 때가 이른지라 고요하기만 하다. 뭐든 보이겠지, 열심히 살폈다. 겉모습이 맥줏집처럼 생긴 곳이 눈에 들어온다. 모르겠다, 밥이 될는지 물어라도 보자. 이게 웬일? 산채비빔밥이 된단다. 잘됐다! 역시, 궁할 땐 묻는 게 상책.

배도 채웠고 차 시간도 남았다. 이럴 땐 무조건 유유자적 거닐어야지. 낯선 길을 어슬렁거리다가 '왕피천 계곡'으로 들어가는 길목을 만났다. 이 계곡은 죽기 전에 꼭 가보아야 할 곳으로 꼽힐 만큼 유명한 곳이란다. 옛날에 '실직국(悉直國)'이라는 나라의 어느 왕이 피난 왔던 곳이라서 이름이 왕피리마을이 되었고, 이 앞을 흐르는 천도 왕피천이라고 부르게 된 것이라고 하네. 음, 뭔가 흥미롭다. 이 계곡을 알려주려고 휴양림 버스 사건도 벌어졌으려나. 배부르고 마음 편하니 뭐든 다 좋게 생각하게 된다. 이번엔 살짝 비켜가지만 다음에라도 왕피천에 꼭 와보고 싶다.

정류장 쪽으로 발걸음을 돌렸다. 차가 오기까지 여전히 시간이 남았다. 아무것도 하지 않으며 그저 기다리기. 한없이 한가한 이 순간이 편안하다. 얼마쯤 흘렀을까. 버스가 천천히 다가오고, 왔던 길을 되돌아 울진터미널에 다다랐다. 다음 여정은 강원도 강릉이다. 경상도에서 강원도로 바다를 낀 고속도로를 달렸다. 창밖으로 비치는 멋진 풍경을 눈과 마음에 양껏 담으면서.

생각만으로도 설렜던 강릉에 도착. 오후 세 시가 넘었다. 우리가 여기 온 목적은 휴양림을 가기 위해서다. 또 휴양림이냐고? 물론! 산 깊고 물 좋다는 강원도인데 한 군데 정도는 들러야 마땅하지 않겠는가. 우리가 선택한 곳은 대관령자연휴양림. 우리나라 1호 국립자연휴양림이라는 것만으로도 엄청 궁금했던 곳이다.

버스정류장에서 휴양림 가는 시간표를 확인하니 여유가 좀 있다. 우리가 할 일은 먹을거리 장보기. 작은 가게에 들어섰다. 이것저것 집어 들고 계산하려던 찰나, 보통 때는 가게 주인보다 앞서 암산으로 척척 하던 것이 그날따라 셈이 잘 안 된다. '얼마지, 얼마지?' 잠시 끙끙댔다. 그런 나를 보고 남편이 버벅댄다면서 살짜쿵 타박을 했다. 갑자기 슈퍼 아주머니가 남편한테 한마디 하시네. "아내한테 그렇게 말하면 안 돼요." 히히, 어찌나 속이 시원하던지. 잠시 당황한 남편은 "아, 네!"

하면서 바로 수긍한다.

웃으면서 같이 슈퍼를 나오는데 남편이 제안한다. 앞으로 자기가 이번처럼 남들 앞에서 나한테 타박하거나 기분 상할 수 있는 말을 하면 '강릉슈퍼!' 하고 바로 이야기하란다. 그러면 스스로 얼른 깨닫고 말조심하겠노라고. 오호라, 그거 좋은 생각이다. 듣는 남편은 조금 신경이 쓰이겠지만, '강릉슈퍼!' 신호는 강릉 여행이 우리 부부한테 안겨준 작은 선물이 되었다. 가게 아주머니 고맙습니다! 사뿐한 걸음으로 길거리 분식집에서 떡볶이랑 만두, 호떡도 샀다. 어느 때보다 휴양림 먹을거리가 풍부하고 다채로워졌다는 기쁨에 젖은, 소박한 장보기 끝.

우리나라 1호 국립자연휴양림

호떡 하나씩 맛나게 먹으면서 버스를 기다렸다. 목적지는 가마골. 시간표에 적힌 대로 정확하게 차가 왔다. 차창 너머로 강릉 시내 이곳저곳 구경하는 재미가 쏠쏠하다. 큰 도시지만 왠지 모를 아늑함이 느껴지는 곳. 은근히 마음에 든다. 한

20분쯤 달렸을까. 갑자기 풍광이 바뀐다. 작은 학교가 나오고 모내기하는 모습들이 보인다. 시내를 벗어난 듯하다. 이어지는 시골 풍경에 마음이 절로 포근해진다. 강릉 시내에서 출발한 지 40분이 채 안 돼서 가막골에 다다랐다. 종점이었다. 이젠 대관령자연휴양림까지 걸어 올라가면 될 터. 그리 먼 길은 아니라 하니 시간이라도 번 듯하다. 햇살 따사로운 길을 기분 좋게 걸어준다.

가는 길에 펜션들이 늘어서 있다. 과장 조금 보태서 동화 속 풍경처럼 아기자기하고 예쁜 집들이 많다. 맞다, 여기는 관광지. 요렇게 예쁜 숙소라면 한여름에 방 구하기는 별 따기나 다름없겠다. 한 번쯤 묵고 싶은 집들이 주르륵 이어진 모습에 '이곳 땅값도 만만치 않겠구나.' 싶더라. 우리처럼 조용히 땅과 더불어 살려는 사람과는 인연이 없을 테지. 복잡한 생각은 접고 여행이나 즐기자.

대체로 완만한 길을 따라 슬슬 움직였다. 찻길이지만 차가 거의 없고 나무 그늘도 많아서 여러모로 걷기에 좋다. 한 시간쯤 지났으려나. 벌써 대관령자연휴양림이다. 좀 더 걸을 수 있는데 조금 아쉬운 마음이 드네. 오랜만에 여유 부리면서 휴양림 안으로 들어간다. 우리나라 1호 국립자연휴양림아, 이제 너를 내게 보여줘.

숙소 찾아 올라가는 길에 맑은 계곡이 보인다. 하얗고 미끈하게 큰 바위들이 많다. 정말 강원도에 온 게 맞구나. 우리가 묵을 방 이름이 '꽃사슴'이라네. 호호, 나랑 어울리는 방? 다른 휴양림에선 3~4인실에 묵었는데(2인실은 거의 없었다.) 여기서는 6인실을 잡았다. 다른 방이 꽉 차서 비싸지만 어쩔 수 없는 선택이었다. 안이 넓긴 넓다. 여느 가정집이라고 해도 믿을 수 있겠네. 잘 도착한 기념으로 베란다에서 시원한 산바람을 맞는다. 분위기를 더 내고픈데 슬슬 추워진다. 강원도 산간 날씨가 만만치가 않더라. 어쩔 수 없이 마루로 다시 들어온다. 바깥도 좋지만 편안하기론 집 안을 당할 수 없지. 시내에서 산 떡볶이랑 군만두가 아주 고급스런 음식이자 별미가 되었다. 영양산나물축제표 나물김치도 멋진 반찬이 되었다. 밥 대신 라면 끓여 먹는 건 여기서도 마찬가지. 강릉산 막걸리랑 함께 우리 부부만의 신나는 휴양림 잔치가 펼쳐졌다.

살짜쿵 휴양림

화창한 아침이 밝았다. 공기가 진짜 맑고 상쾌하다. 산책길에서 본 하늘이 참 파랗다. 키 큰 나무들은 하늘을 포근하게 감싸 안은 것만 같고, 하늘이랑 나무가 친한 친구처럼 느껴진다. '솔향강릉'이라더니 길쭉길쭉한 소나무가 많기도 하다. 눈과 마음이 행복하고, 몸에도 참 좋은 숲길 걷기를 마치고 짐을 싼다. 이제 어디로 갈 거냐고? 어디긴, 강릉에 왔으니 바닷가를 가야지. 내가 바다를 얼마나 좋아한다고.

"강릉은 살기 어때요, 땅값은 얼마나 해요?"

다음 목적지인 경포대로 가기 전에 안목해수욕장부터 들르기로 했다. 어젯밤은 꽤 쌀쌀했는데 정오 가까이 되니 날씨가 많이 덥다. 밤낮 온도차가 이렇게 크다니. 역시 강원도로구나! 뜨거운 햇빛을 피해 버스를 기다리는데 건너편 밭에서 농사짓는 어르신이 보인다. 괭이질을 끊임없이 하는 모양이다. '이 뙤약볕에 참 힘드시겠다, 한여름 되면 저 일이 얼마나 힘들꼬?' 문득 여름 농사일에 대한 두려움이 확 밀려오던 순간이었다.

기다리던 버스가 왔다. 기사님은 바로 출발하지 않고 차에서 내려 유유자적 시간을 보낸다. 여유로움이 팍팍 풍긴다. 하나둘 승객이 차면서 여기저기 구수한 강원도 사투리가 들린다. 해군 옷을 입은 한 남자가 버스에 오르자 앞자리에 앉은 아주머니가 "누구네 아들이네." 하고 말을 건다. 그 남자는 "맞습니다." 정중히 대답하곤 우리 옆자리에 털썩 앉았다. 역시 시골은 다르구나. 군복을 입어도 누구 집 아들인지 단박에 알아보다니. 휴가라도 다녀오는 듯한 그 해군. 자기를 퍼뜩 알아보는 그 아주머니가 반가웠을까, 아님 쑥스러웠을까?

드디어 버스 출발. 이젠 바다로 간다. 애틋하게 설레는 마음. 기사님도 기분이 좋은지 가까운 자리에 있는 승객들과 흥겹게 이야기를 주고받는다. 운전을 여유롭게 즐기는 모습이 보기 좋다. 바라보는 내 마음도 한없이 유쾌해지네. 강릉, 뭔가 다르긴 다른 곳 같다. 버스 기사 한 분이 보여준 넉넉한 모습이 그런 생각을 절로 들게 한다. 차는 계속 달린다. 안목해수욕장은 종점인지라 어디서 내릴지 조마조마할 필요가 없다.

멋진 창밖 풍경을 눈에 담으며 버스 투어나 다름없는 재미난 시간을 보낸다. 어느새 승객이 우리 부부만 남았다. 갑자기 기사님이 어디로 가는지 묻는다. 안목이라고 말하니 껄껄 웃으신다. 처음 탈 때부터 그럴 줄 알아봤다는 둥 의도적으로 이 차 탄 거 아니냐는 둥 스리슬쩍 농을 거신다. 알뜰하게 여행하는 것을 비트는 유머에서도 여유가 느껴진다. 선의가 담긴 농담에 웃음으로 대답을 했다. 슬슬 대화 물꼬가 트인다. 마치 운전 기사님이랑 드라이브라도 하는 기분.

처음 본 분과 막 편해진 김에 이것저것 물어봤다. "강릉은 살기 어때요, 땅값은 얼마나 해요?" 뻔한 질문이지만 진짜 궁금한 것들. 기사님 말씀이, 강릉은 진짜 살기 좋다고. 바다 있지, 산도 있지, 유적지까지 많지. 먹고살 걱정도 별로 없어서 강릉 사람들은 고장에 대한 자부심이 크단다. 자기도 버스 일 적당히 하면서 인생 즐기고 산단다. 아파트값도 서울에 비하면 엄청 싸다고, 여긴 정말 살 만한 곳이라고 입이 마르도록 칭찬한다. 진심이라는 게 느껴진다.

순간 이분이 엄청 부러웠다. 자기 사는 곳을

진심으로 아끼고 좋아하는 사람이 과연 얼마나 될까? 앞으로 우리가 귀촌해서 살게 될 곳도 그럴 수 있으면 좋을 텐데…. 주거니 받거니 이야기 나누다 보니 어느새 안목에 왔다. "좋은 여행 되세요!" 버스에서 내리는 우리 부부한테 큰 소리로 인사하는 그 기사님. 참말로 반갑고 고마운 인연이었다.

드디어 바다를 만날 순간이 코앞이다. 작은 화장실 모퉁이를 돌아 모래사장 쪽을 쳐다보다가 나도 모르게 뒷걸음질을 쳤다. 시커먼 무엇이 확 덮치는 것만 같아서 겁에 질린 것. 정신 차리고 다시금 바라보니 나를 놀라게 한 그것은 바로 동해 바다였다! 검푸른 바다가 쏟아지듯 다가온다. 이런 느낌 꿈속에서 본 듯한데, 실제 볼 줄이야. 불쑥 마주한 깊고 푸른 빛깔에 기겁부터 했던 나. 숨을 가다듬고 다시금 바다 곁으로 천천히 다가간다. "야호, 바다다!" 놀란 가슴은 어디 가고 모래사장으로 마구 달려갔다.

그동안 계곡과 산만 다니다가 정말 오랜만에 바다를 봐서 그런가. 황홀할 만큼 좋다. 어떤 곳은 하늘 색깔보다 바다 빛깔이 더 퍼렇고, 또 다른 곳

순간 이분이 엄청 부러웠다.
자기 사는 곳을 진심으로
아끼고 좋아하는 사람이 과연
얼마나 될까? 앞으로 우리가
귀촌해서 살게 될 곳도 그럴 수
있으면 좋을 텐데….

은 하늘빛이 바다보다 더 파랗다. 모래를 다 가져
가 버릴 것처럼 와락 덮쳤다가는 물방울에 실려
있는 모래만큼만 바닷속으로 가져가는 파도. 물
방울 하나하나가 다 살아 움직이는 것 같다. 거침
없이 화려하고 웅장한 그 모습이 너무 멋있어서
파도만 바라봐도 시간 가는 줄을 모르겠더라. 모
래사장에 철퍼덕 누워 맥주 한 캔씩 기울인다. 바
다가 대신 마셔주는지 음료수처럼 시원하다.

행복했던 시간들, 잊지 말아야지

더 오래오래 머물고 싶지만 마지막 여정을 꼭
찍고 싶은 욕심에 자리를 뜬다. 아쉬운 마음에 바
다를 보고 또 보면서 발걸음을 뗐다. 경포대는 안
목에서 택시로 10분 조금 넘는 거리에 있었다. 경
포대라는 말을 하도 많이 들어서 해수욕장이라고
만 생각했는데 아니었다. 정자 이름이었다.

소나무 산처럼 보이는 작은 동산에 다다랐다.
"경포대는 고려 충숙왕 13년(1326) 당시 어쩌구저
쩌구…." 안내판 설명을 설렁설렁 보고는 정자에
올라 눈앞에 펼쳐진 풍경을 감상해본다. 그때 그

시절로 돌아간 것처럼. 그런데! 아쉽게도 그때로 돌아갈 수는 없다. 저 멀리 보이는 하얀 물체들. 아파트 때문이다. 옛날에는 지금의 아파트 자리가 확 트여서 참 장관이었을 텐데.

경포대 구경까지 마친 우리 부부. 다음 코스는 당연히 밥이지. 간판만 봐도 맛집인지 아닌지 본능으로 알아챌 수 있는 남편이 한 식당을 콕 집었다. 그 감각은 여지없이 통했다. 담백하고 시원한 막국수와 구수하고 쫄깃한 메밀전. 착한 가격에 맛도 알차다. 막국수와 메밀전이 예술이었고 막걸리는 윤활유였다. 하루 피로를 싹 가시게 해주는 강원도의 맛, 강원도의 힘이여!

만족스럽게 식당을 나와 강릉터미널로 가는 버스를 기다린다. 한적한 찻길에 간간이 차가 지나고, 경포 호수 옆길로는 자전거 타는 사람이 한둘 보인다. 여유롭고 느긋한 저녁 풍경이 마음에 폭 안긴다. 이곳에 도착했을 때부터 느낀, 사람이 살 만한 정겹고 아름다운 고장이라는 감정이 다시금 일렁인다.

강릉, 너무너무 마음에 든다. 여행 다니면서 이렇게 마음 깊이 좋아하게 된 곳은 여기가 처음인 듯. 산 좋고 바다 좋아하는 나한테 딱 어울리는 지역일 터인데. 하지만 우리에겐 돈이 없다. 게다가 아는 사람도 없는 이곳. 아무리 마음에 들어도 귀촌 후보지로 올리기는 여러모로 어렵겠지. 아쉬워 말자. 아직 여행은 끝나지 않았으니까.

강릉에서 서울까지는 2시간 반쯤 걸렸다. 머나먼 여정을 마치고 집에 돌아온 그날은 마침 내 생일이기도 했다. 이름하여 이번 여행은 '조혜원 탄신 ○○주년 기념 전국 반일주 여행'이었다. 남편도 생일날을 바다에서 보내게 해주고 싶어 강릉 일정을 잡았노라고 적극 어필했다. 바다를 볼 수 있는 눈, 바다를 사랑할 수 있는 마음, 그 두 가지가 있다는 것만으로도 난 이 세상에 태어난 게 고맙고 감사하다. 그런 나를 너무 잘 아는 남자와 함께 있는 것도 내게 온 축복일지니. 행복했던 시간들, 남편에 대한 고마움 모두 잊지 말아야지. 서울을 떠나 어느 곳, 어느 자리에 있더라도.

8장

자가용과 함께한 첫 휴양림 여행

용현자연휴양림

새로운 동행, 특별한 교통편

무작정 걷기 여행에 푹 빠진 우리에게도 드디어 일탈의 기회가 찾아왔다. 바로 교통편이다. 목적지는 서산 용현자연휴양림. 남편과 더불어 다른 동행도 생겼다. 동네에서 함께 지역 활동을 해온 두 인연이랑 함께하게 된 것. 우리 네 사람의 힐링을 위해 마련한 여정이었다. 그동안 좋은 세상 일구고자 열심히 걸어온 시간들을 위로하고, 세상사로 찌든 아픔은 함께 날려보자고 의기투합한 것. 이곳저곳 휴양림 다니면서 좋은 기억이 많았기에, 오랫동안 정을 나눈 두 사람에게도 그 즐거움을 맛보게 해주고 싶었다.

일정은 일요일에서 월요일까지 1박 2일이다. 우리는 여전히 백수. 연성 님도 최근에 살짜쿵 노는 처지가 된지라 평일까지 이어지는 일정에 무리가 없었다. 아쉽게도(?) 백수 대열에 합류하지 못한 연서 님은 월요일 오후까지 일터로 가야 했다. 서울에서 나름 가까운 곳을 찾자니 적당한 고장이 바로 충청도. 자연스럽게 서산에 있는 용현 자연휴양림으로 정하게 되었다.

금번에 새로운 동행 말고도 특별한 변화가 있으니 바로 승용차! 연성 님 자가용을 타기로 했다. 우리 부부가 대중교통이나 두 다리를 빌리지 않고 떠나는 첫 여행이다. 준비할 때부터 마음이 엄청 느긋하다. 짐이 많아도 문제없으니 채소, 김치 같은 먹을거리도 양껏 담을 수 있다. 그게 그렇게나 좋더라니. 걸어서 다닐 때는 느껴보지 못한 이 편안함. 잘 챙겨가니 이번만큼은 배고플 걱정도 없겠지?

아침 7시에 출발. 서산에 당도하니 두 시간도 채 지나지 않았다. 이렇게 가까운 곳이었어? 자가용이 좋긴 좋구나. 잠깐 눈 붙이고 일어나니 서울에서 서산이라…. 보통은 집에서 고속버스터미널까지만 해도 한 시간 넘게 지하철로 가야 했건만. 왠지 시작 전부터 시간을 크게 번 듯하다. 몇 달 동안 걷는 여행만 해보던 나. 승용차로 떠나는 길이 이렇게 편하고 좋은 건가. 벌써부터 그 안락함에 흠뻑 젖고야 만다. 이러니 차 있는 사람이 걸어서 여행하기는 쉽지 않을 듯하다. 우리 부부도 자가용이 있었다면 응당 이렇게 했을지도 모를 일.

서산에 이르러 가장 먼저 개심사로 향했다. 차가 있으니까 길 찾네, 걷네 하며 고생할 일이 없다. 운전대 잡은 사람이 실어다 주는 대로 가기만 하면 되니까. 주차장에 가뿐하게 도착해선 슬슬 절 쪽으로 올라간다. 어라, 아침인데도 왜 이리 더운지. 그리 험하지 않은 길을 아주 헉헉거렸다. 너무 쉽게 도착한 대가라도 받는 걸까.

개심사는 작은 절이다. 대웅전도 소박하다. 이런 곳이 나는 좋더라. 종무소를 바라보니 하얀 벽을 가로지르는 나무 기둥의 곡선이 눈에 들어온다. 우리 옛 건물들은 저런 자연스러운 멋이 살아 있어 좋다. 해우소가 궁금하다. '용변은 똑바르게 앉아서 보세요. 밖으로 나오지 않게^^' 이 글귀가 어찌나 재미나던지. 다른 절들은 대개 얌전한 불경 글귀들이 붙어 있기가 십상이던데.

여름을 뚫고 시원하게 드라이브하는 맛

개심사를 둘러보곤 여유 있게 차 있는 곳으로 갔다. 버스 시간 맞추느라 전전긍긍할 일도, 언제 올지 모르는 차 하염없이 기다리는 무료함도 없다. 이토록 편리하고 빠르게 다녀도 되는지, 뭔가 빠진 듯 헛헛함이 밀려온다. 물론 아주 잠깐뿐이었지만.

다음 여정은 해미읍성. 고창읍성, 낙안읍성과 함께 조선시대를 대표하는 읍성이란다. 서해안 방어에 중요한 역할도 했다는 이곳. 조선 태종 17년(1417년)에 왜구를 막기 위해 성을 쌓기 시작해서 세종 3년(1421년)에 완성했다고 한다. 역사는 깊다만 별다른 기대 없이 안에 들어간 나는 눈앞에 펼쳐진 풍경에 살짜쿵 놀랐다. 끝이 어디인지 알 수 없을 만큼 무척 넓었다. 너른 광장을 멍하니 바라보다 깨닫는다. 그래, 읍성은 사람이 사는 곳이었지. 당연히 넓을 수밖에. 때마침 지역에서 준비한 문화공연까지 열리고 있어서 해미읍성이 우리를 환영하는 기분이다. 무심히 왔던 낚시터에서 대어를 건진 느낌이랄까.

뜨겁게 내리쬐는 햇볕을 받으며 이곳저곳 돌아다녔다. 좌르륵 늘어선 무기 행렬이 눈에 띈다. 왜적을 막기 위해 쓰였을 그것들을 하나하나 들여다본다. 읍성을 지키고자 열심히 싸웠을 그때 그 시절을 슬며시 상상해보면서…. 이어 감옥과 태형장이 있는 곳에 들어섰다. 해미읍성에서는 1866년 병인박해 때 대원군의 천주교 탄압으로 돌아가신 분이 많다고 한다. 그때 감옥 안 모습을 재현해 놓은 곳이 있다. 만들어 놓은 장면이지만 바라만 봐도 슬프고 아프다. 휴~.

초여름 한낮이 대단하게도 덥다. 그늘을 절로 찾게 된다. 아직은 볼거리가 많은데 더위를 못 견디겠다. 아, 여행하기 힘든 계절 여름이여…. 한바탕 공연이 펼쳐지는 어느 천막에서 좀 쉬기로 했다. 더운 햇살 아래 펼쳐지는 소리 향연. 안 어울릴 거 같은데 꽤 괜찮네. 무대에 서 있는 분이 재치가 넘치고 노래도 멋지다. 잠시나마 더위를 잊고 흥에 젖는다. 오늘은 여기까지로 충분하겠다.

성곽을 빠져나오자마자 찾아간 곳은 다름 아닌 가겟집. 시원한 뭐라도 먹어야만 살 것 같더라니. 차가운 걸 입에 넣으니 좀 낫다. 이 더위에 마냥 어딘가로 걸어야 했다면? 그 짓은 못할 거 같다. 자가용 몰고 같이 와주신 연성 님께 거듭 감사를. 여름을 뚫고 시원한 차로 드라이브하는 맛이 참말로 후련하구나.

어느덧 바닷가에 이르렀다. 서해안답게 갯벌 천지다. 왠지 더위가 더 밀려오는 것만 같네. 내가 이렇게나 여름에 약했던가? 갯벌 앞이라지만 바다 보기를 마다하게 되다니. 자, 다른 곳으로 이동. 자가용이 있으니 어찌나 좋은지. 어디든 잠깐 머물렀다가는 재빠르게 다른 곳으로 움직일 수 있고. 차 안에서 차 예찬이 끝도 없이 이어진다. 이건 여름이라서 그런 걸 거야.

이어서 다다른 곳. 바다 위에 둥둥 떠 있다고들 말하는 간월암이다. 썰물 땐 길이 생겨서 절까지 걸어갈 수 있지만 밀물에는 물이 차기 때문에 배를 타야만 갈 수 있다고 한다. 우리가 도착했을 때는 썰물이라 그냥 갈 수 있었다. 오래된 내음 물씬 풍기는 지붕과 처마 끝에 매달린 풍경이 그윽하다. 바닷바람이 실어준 은은한 풍경 소리가 마음을 촉촉이 적셔준다. 바다 위에 있는 간월암. 그것만으로도 분위기 제대로 느껴지는 곳이다. 물

오래된 내음 물씬 풍기는
지붕과 처마 끝에 매달린
풍경이 그윽하다. 바닷바람이
실어준 은은한 풍경 소리가
마음을 촉촉이 적셔준다.

이 들면 나갈 수 없으니 수행하기도 좋을 거 같고. 어느덧 절 밑으로 물이 차오르기 시작한다. 이러다 갇힐라. 최종 목적지인 용현자연휴양림으로 얼른 떠나자.

문명의 이기를 외면할 수만은 없겠어

역시나 차로 달리니 후딱 도착하네. 걸어서 왔으면 얼마나 힘들었을꼬. 아유, 쓸데없는 생각일랑 말고 이 순간을 즐기자꾸나. 숙소에 들어서니 몸도 마음도 사르르 녹는다. 걷든 차를 타든 휴양림이 주는 아늑함은 변함이 없다. 6인실로 구한 방은 꽤 괜찮았다. 2층에 다락방도 있어 아기자기하게 아늑하다. 네 사람이 편히 쓸 만했다. 넓은 마당에 바비큐 굽는 통도 있네. 나 말곤 다들 고기 먹는 사람들이니 이번만큼은 제대로 구워보기로 했다. 물론 내가 먹을거리도 준비했지. 갑오징어랑 감자랑 양파 같은 것들.

먹기 전에 휴양림 둘레를 산책했다. 숲 좋고 계곡 맑으니 두 시간이 훌쩍 흐른다. 숙소로 돌아와선 기다리던 바비큐 파티! 고기 입에도 못 대는 내가 이렇게 신나는데 다른 사람들은 이 자리가 얼마나 즐거울까? 나한테 가장 맛있던 건 바로 감자. 불에 구우니 맛이 끝내줬다. 육식파가 아니지만 하나도 아쉽지 않았다. 어둑한 하늘 아래 '불멍'까지 넉넉하게 즐기면서 가져간 음식들을 알뜰하게 입에 들였다. 방 안에 들어와선 새로운 수다 시간이 펼쳐진다. 이 대화 저 이야기 속에 네 사람 우정도 깊어가고…. 차로 움직여 그런지 피곤함이 덜하고, 다음 날 걸을 일 딱히 없으니 늦게 누워도 마음이 느긋하다.

어느덧 아침. 간단히 밥을 먹고 숙소를 나선다. 서울로 돌아가기 전에 꼭 봐야 할 유적이 있다. 어제 차창 밖으로 보았던 보원사지 절터다. 여길 꼭 들르고 싶었다. 가장 먼저 눈에 띄는 보원사지 5층 석탑. 화려하지는 않지만 위풍당당한 자태가 느껴진다. 표지판을 보니 통일신라에서 고려 초까지 자주 사용된 석탑 양식이라고 한다. 탑 아래쪽에 새겨진 문양은 오래된 느낌이 정말 제대로다. 사분사분 곳곳을 둘러본다. 터가 참 넓다. 무척 큰 절이었나 보다. 기분이 아슴아슴하다. 옛 숨결이 느껴지는 것도 같고. 절터를 빠져나오는 길가에서 연서 님이 네잎클로버를 발견했다. 신이 난 네 사람은 쪼그려 앉아 그 둘레를 샅샅이 훑었다. 기쁘게도 몇 개를 더 만났다! 이 절터로 인도한 휴양림 여행이 우리들한테 작은 행운을 안겨주었네.

기분 좋은 마음으로 마지막 여정을 맞이한다. 서산마애삼존불이 있는 곳이다. 장쾌하고 넉넉한 미소를 머금은 석가여래 입상, 따뜻하고 부드러운 미소를 간직한 제화갈라보살 입상, 천진난만한 소년의 미소를 품은 미륵반가사유상. 그 모습을 여러 각도로 바라보았다. 보는 자리에 따라 뿜어내는 느낌이나 미소가 다르게 다가온다. 백제 특유의 자비로움과 여유가 물씬 느껴지는구나. 삼존불이 있는 자리는 큰 바위가 가려주고 있어서 비바람 속에서도 덜 마모되었다고 한다. 자연이 지켜준 서산마애삼존불. 앞으로도 오래오래 저 모습 그대로 간직할 수 있기를.

이젠 정말 돌아갈 시간이 됐다. 월요일이라 거의 막힘없이 서울에 도착했다. 어디든 훌쩍 데려다주는 승용차 덕분에 1박 2일 동안 많은 것들을 볼 수 있었다. 같이한 사람들 모두 만족하고 즐거웠던 이번 여행. 네 사람한테 톡톡히 힐링을 선사한 것 같다. 그동안 걸어서 휴양림까지 다닐 때는 마을길이나 외진 풍경들 그리고 시골 인연을 주로 만났다면 이번에는 잘 알려진 명소들을 짧은 시간에 많이 경험할 수 있었다. 자가용과 함께한 첫 휴양림 여행. 이 또한 참 매력이 넘치는구나. 문명의 이기를 마냥 외면할 수만은 없겠어. 지구라는 푸른 별에 태어나 지금 이 순간순간을 살아가려면, 살아가자면….

9장

오지 체험의 짠맛, 다시 장수다

방화동자연휴양림

지도에는 있지만 실제로는 없는 길

우리 부부의 힐링 겸 귀촌 준비를 위한 마지막 여행. 다시금 장수다. 뭔가 느낌이 오지 않는가? 그렇다, 우리 부부는 장수를 귀촌할 곳으로 적극 고민하고 있다. 지난번에 일손을 도우며 보낸 시간이 마음에 곱게 새겨진 덕분일까. 이번에도 산천 구경과 더불어 이 고장에 일찌감치 귀농해 살고 있는 또 다른 인연을 만나기로 했다. 두 가지 목적을 가지고 떠난 2박 3일 장수 여행에서는 어떤 이야기가 펼쳐질까. 기대하시라, 두구두구둥!

낯익은 장수터미널. 두리번두리번 가게부터 찾았다. 우리가 갈 곳은 방화농자연휴양림. 가는 길에 가게가 있는지 없는지 전혀 모르는 상황인지라 무조건 먹을 걸 챙기고 길을 떠나야 한다. 휴양림 갈 때마다 정해진 우리 철칙대로 등에 짊어질 수 있을 만큼만 샀다. 방화동 쪽으로 가기 전에 먼저 뜬봉샘에 들를 생각이다. '뜬봉샘마실길'이라고 장수군청 팸플릿에 나온 표시대로 따라서 움직일 계획.

장수시장을 지나니 '뜬봉샘가는길'이라는 표지판이 있다. 안심이 된다. 마실길이어서 쉬울 거라고 여겼기에 편안한 마음으로 걸음을 옮겼다. 그러다 어르신 한 분을 만났다. 인사를 드리니 대뜸 어디 가느냐고 물으신다. 목적지와 방향을 말씀드리니 "저리로 가면 길 없어. 신작로 따라 버스 타고 가면 돼." 하고 쯧쯧 하신다. 신작로라는 말 참 오랜만에 들어봤다며 둘이 살짝 웃었건만. 나중에야 알았다. 그 말씀이 맞다는 걸. 표지판 따라 우리가 걸어간 길은 마실길이라고는 도저히 할 수 없는, 고난의 길이었나니. 이른바 지도에는 있지만 실제로는 없는 것과 다름없는 길이었다.

뜬봉샘가는길 표지판이 일러주는 방향대로 걷는다. 평평한 길에 논과 산이 어우러진 풍경이 푸근하다. 맑던 하늘이 갑자기 흐려져서 조금씩 걱정이 됐지만 자연 속에서 걷는 기분이 꽤 상쾌하다. 해가 없으니 덥지 않아서 더 좋기도 했다. 뜬봉샘가는길 표지판이 또 나온다. 계속 잘 가고 있다고 확인시켜주는 이런 표시. 보기만 해도 반갑다.

그나저나 하늘이 자꾸 어두워지네. 걸음을 재촉하는데 '투둑투둑' 정말로 비가 떨어지는 게 아닌가. 잠시 피할 곳을 찾아야 한다. 내 앞에서 성큼성큼 걷던 남편이 정자 하나를 발견했다. 쉬면서 비도 피할 수 있으니 다행이고 행운이다. 정자에 안착하자마자 빗줄기가 세졌다. 시간은 오후 세 시. 아직은 여유가 있는 듯하지만 처음 가는 곳인 만큼 비에 발이 묶이면 겁 많은 사람한텐 또 큰일이다. 나보다 여유만만한 남편은 이참에 비 그칠 때까지 쉬잔다. 그래, 걱정은 내려놓고 일단 쉬고 보자.

정자 마루에 누워 빗소리 들으며 세월아 네월아. 삼사십 분쯤 지났을까, 비가 조금씩 잦아든다. 더는 늦출 수 없기에 우산 쓰고 다시 걷기 시작했다. 조금 지나 비는 거의 그치고 하늘도 조금씩 밝아진다. 시골 정자에서 누리는 나른한 오후를 맛보여주려고 꼭 선물처럼 비님이 와주신 것 같다.

촉촉한 시골길. 걷는 기분이 상쾌하다. 처음 보는 식물들도 감칠맛이 난다. 노란 뚱딴지꽃이 그랬다. 샛노랗게 예쁜 꽃 아래, 그러니까 땅속 뿌리에 감자처럼 생긴 열매가 달려 있어서 생뚱맞다는 뜻으로 이름이 '뚱딴지'가 됐다고 한다. 그동안 도감을 열심히 들여다본 남편이 설명해준 이름 유래가 참 재미나다. 마타리라는 풀도 만났다. "마타하리가 아니라 마타리야." 하고 남편이 농담 섞어서 알려준다. 이 남자 은근히 풀이름 아는 게 많다. 직접 겪는 것도 중요하지만 도감 같은 식물 정보책을 봐두면 도움이 많이 되나 보다. 나도 돌아가면 집에 꽂혀 있는 책 좀 봐야지. 눈으로만 봐서 깨닫기엔 식물의 세계가 너무 넓고 깊은 것 같으니.

전세라도 낸 듯 오붓한 마실길

산책하듯이 걷다가 용추마을 표시가 있는 곳을 지난다. 이때쯤부터 뭔가 잘못되어 간다는 느낌이 든다. 우리가 본 지도에 나온 마을 이름이 아니었다. 용계마을이 나와야 맞는데 용추마을이 나오면 어쩌나. 계속 가보는데 이번엔 '별 헤는 마을'이란 간판이 보인다. 이름 참 예쁘다만 길을 잘못 든 게 더 확실해졌다.

곰곰이 지도를 들여다보곤 아주 큰 문제는 아닌 것으로 판단했다. 조금 돌아가는 것일 뿐 이대로 가도 뜬봉샘이 나오는 것이 맞는 듯. 아니나 다를까, 지나는 사람한테 물으니 조금만 더 가면 용계마을이 나온단다. 그러면 그렇지. 조금 뒤에 삼거리가 나온다. 용계마을 표시도 있고 뜬봉샘가는길 표지판도 다시금 띄엄띄엄 나와준다. 이젠 제대로 가는 거겠지. 힘내자. "영차, 영차!"

보무도 당당하게 걸어본다만 거참 희한하다. 조금 지치긴 했어도 우리가 걸음은 빠른 편인데 뜬봉샘이 나올 생각을 안 하네. 평평하게 호젓한 산길을 걷다 보면 어느새 눈앞이 환해져서 저 아래 마을이 보이고, 다시 또 나아가면 울창한 숲이다. 산등성이를 빙 둘러서 가는 느낌이랄까. 그동안 여행 다니면서도 자주 그랬듯이 뜬봉샘 찾아가는 길에서도 사람 한 명 볼 수 없었다. 평일이어서 그런 걸까. 어쨌든 우린 이 마실길을 전세라도 낸 것처럼 오붓하게 즐길 수 있었다. 사람이 왜 이리 없지 계속 궁금해하면서.

얼마나 걸었을까. 갑자기 눈앞에 나타난 '뜬봉샘'이라는 안내판. 주위를 얼른 둘러본다. 멀리 서울에서부터 보고 싶은 애틋함을 안고, 길까지 헤매면서 애타게 찾아온 뜬봉샘. 분위기가 사뭇 소박하다. 가까이에 정자가 보이고 그 옆에는 나무 계단이 있다. 죽 내려가면 마을이 나올 거라는 걸 충분히 짐작할 수 있는 모양새다. 결국 저 아랫마을에서 계단으로 올라오면 그만인 곳을, 빙빙 돌고 돌아왔다는 말. 우리가 걸어온 길이 호젓하게 좋았던 건 맞지만 이처럼 곧바로 올 수 있다는 걸 몰랐던 만큼, 이 나무계단을 보았을 땐 조금 충격이었다. '우리가 대체 무슨 짓을 한 거지?' 이제야 감이 온다. 뜬봉샘가는길 시작하는 데서 만났던 그 어르신의 목소리가 귓전에 아른거린다. "신작로 따라 버스 타고 죽 가서 올라가면 돼, 거기는 길이 없어." 허탈한 마음으로 정자에 앉아 애써 힘을 내본다.

시간은 저녁 6시가 넘어가고. 기운 없지, 배도 엄청 고프다. 시간을 더 끌 수는 없다. 여기서 한 시간 반도 더 걸린다는 휴양림으로 가야 한다. 장

살짜쿵 휴양림

수에 오고부터 보고 또 본답시고 어느덧 허름해진 장수군 지도. 이모저모 들여다보며 우리가 걸어갈 길을 다시금 확인해봤다. 어두워지기 전에 그곳에 닿으려면 무지 애를 써야 할 것 같다.

터덜터덜 수분리 쪽으로 내려간다. 덩굴 길을 지나니 여기까지 걸어온 길이 무색할 만큼 잘 포장된 내리막길이 나온다. 가는 중에 할아버지 한 분을 만났다. 방화동자연휴양림 가는 길을 물으니 많이 멀단다. 자기는 자주 가본 곳이라고. 저 건너에 조금 크고 새것으로 보이는 건물이 보이기에 뭐냐고 여쭈니까 뜬봉샘기념관이란다. 아하, 그랬구나. 저곳을 먼저 찾아왔더라면 좀 더 편하고 아름답게 뜬봉샘을 만날 수 있었을 텐데. 너무 뒤늦게 알아버렸네. 시간이 있다면 가보고 싶은 모양새다. 갈 길이 멀어 어쩔 수 없이 다음을 기약한다. 할아버지와 헤어지고 발걸음을 재촉했다. 과연 해 떨어지기 전에 목적지에 닿을 수 있을까.

"네? 사람 다니는 길이 아니라구요?"

큰 삼거리를 지나 올라온 길에서 반가운 표지판을 만났다. '방화동마실길'이 그것이다. 아까 만난 어르신은 찻길 따라 죽 가라고 하셨지만 그건 아마도 지름길일 터. 우리야 당연히 마실길로 가야지. 표지판에 대한 맹신이 우리를 어떤 길로 이끌지 조금도 상상하지 못한 채 가던 길 계속 걷는다. 시작부터 오르막길이 나온다. 너무 지친 나는 땅바닥에 철퍼덕 주저앉았다. "하악하악." 숨소리는 거칠어지고 땀이 비 오듯 흐른다. 길을 찾았기에 걱정은 없다. 제발 어둡기 전에만 그곳에 이를 수 있기를 바라며 이를 악물고 벌떡 일어났다. 그래, 아직은 괜찮아.

방화동마실길도 사람이 없기는 뜬봉샘가는 길이랑 매한가지다. 시간이 늦어 그렇겠지, 어슴푸레 짐작만 한다. 처음보다는 평탄한 길이 펼쳐져 한결 편안하다. 비가 내린 뒤라 나무들이 뿜어내는 피톤치드 농도도 더 짙은 것만 같다. 줄기를 하염없이 타고 올라간 담쟁이에 둘러싸인 소나무 무리. 멋진 풍경들에 취해 걷다가 방화동마실길

살짜쿵 휴양림

표지판을 또 만났다. 반갑고 든든하다. 남은 길이 얼마만큼인지 알려주는 친절한 길잡이 같으니까. 다만 둘레에 풀이 너무 무성해서 좀 어리둥절했다. 보통 표지판들은 잘 보이는 곳에 세워두지 않던가? 에이, 모르겠다. 자연 그대로의 모습을 살리려고 그랬을 거야.

갈수록 숲은 더 울창해지고 풀도 무성하기만 하다. 슬슬 감도는 생각. '길이 맞는 걸까. 마실길을 이렇게까지 관리를 안 할 수 있나?' 무릎을 훌쩍 넘어가는 풀들 사이를 간신히 헤치며 가는데 불현듯 장애물이 떡! 커다란 나무가 길 한가운데 쓰러져 있다. 나무줄기 사이를 비집고서 간신히 빠져나갔다. 여기서 끝이 아니다. 조금 뒤엔 집채만 한 나무가 길을 완전히 가로막고 있다. 이상한 정도가 아니라 괴기스럽기까지 하다. 어떻게 마실길을 이렇게 놔둘 수가 있지? 기가 막히고 어이가 없고 화가 나서 눈물이 다 날 지경이다. 말도 안 돼, 이럴 수는 없다고. 장수군청에 항의할 거야, 항의할 거야!

빽빽하게 우거진 나무에 허리 높이를 넘는 풀. 오지 체험 장소라도 되는 듯 깊은 산속 풍경은 내 마음을 무식하게 짓눌렀다. 너무 조용하고 음산해서 짐승이라도 나올 것만 같았다. 어두워지기라도 하면 정말 큰일 날 분위기였다. 빨리 움직이는 것만이 상책. 험한 산길을 마구 헤치며 가자니 팔다리가 풀에 자꾸 베인다. 더는 안 되겠다 싶어 긴 바지로 갈아입고 팔에는 토시를 꼈다. 아무도 없다지만 산길에서 옷을 벗고 입고 하다니. 이것도 추억이라면 추억일까.

하늘도 완전히 무심하지는 않았다. 시멘트 바닥이 이렇게 반가운 때가 또 있었을까. 길다운 길, 길 같은 길을 만났다. 정말이지 살 것 같았다. 저 아래 비닐하우스까지 보인다. 사람이 사는 곳에 드디어 당도했도다! 허겁지겁 걷는 길에 가장 먼저 민박집이 보였다. 문이 열려 있기에 슬그머니 들어갔다. 주인아저씨한테 방화동마실길에 왜 이렇게 풀이 무성한지 여쭈니 깜짝 놀란다. "거긴 사람 안 다니는 길인데, 폐쇄된 산길인데 어떻게 왔어요?" "네? 사람 다니는 길이 아니라구요?" 더 놀라는 우리에게 설명하시길, 다른 길이 생겨서 우리가 걸어온 그 길은 폐쇄했다나. 거길 넘어오다니 참 용하다면서, 위로인지 격려인지를 전하신다. 헉, 이럴 수가! 그랬구나, 그랬던 거구나. 관리를 안 한 게 아니라 관리를 하는 곳이 아니었던 것이다. 그토록 힘들었던 까닭을 깨닫게 되어서 그나마 속이라도 시원했다. 허탈함을 지울 수는 없었지만.

민박집 아저씨 말씀대로면 여기서도 한참을 가야 방화동자연휴양림에 이를 수 있다. 하늘은 어둑해지고 시간은 어느덧 밤 8시가 다 되었다. 괜찮아, 우린 할 수 있어. 폐쇄된 산길이 아니고 그냥 찻길인데 이쯤이야! 기개는 드높았지만 휴양림은 쉽사리 그 실체를 보여주지 않았다. 날은 완전히 깜깜해졌다. 그동안 여행하면서 이렇게 고생한 적이 있던가? 어쩌면 몸보다 마음이 더 힘들었던 건지도 모른다. 지도에는 있지만 실제로는 없는 것과 다름없는 길. '지도'에 배신당한 듯한 이 마음은 어디다 하소연을 해야 할꼬.

방화동자연휴양림과 눈물겨운 상봉

컴컴한 길을 묵묵히 걷고 또 걸었다. 무거운 몸과 마음을 버텨주는 허벅지한테 미안하고도 고마웠다. 저만치 보이는 불빛. 아, 그토록 닿고 싶었던 방화동자연휴양림이다. 참으로 눈물겨운 상봉일지니. 기진맥진한 몸을 끌고 안내소에 들어갔다.

숙소 열쇠를 받고는 여기서 장수 읍내로 나가는 버스가 몇 시에 있는지부터 물었다. 돌아온 대답이 뭐냐면 "장수 읍내로 가는 버스는 없는데요. 여기서 많이 걸어서 내려가면 번암면으로 가는 차가 있고 거기서 또 갈아타야 돼요." 청천벽력! '다음 날 장수 읍내로 가야 하는데 그리로 가는 버스가 아예 없다고라? 번암면은 장수군 저 아래쪽인데 거기로 가서 갈아타라고라? 더구나 번암면 가는 차 타려면 4킬로미터 넘게 걸어야 한다고라?' 되묻고 싶은 말들이 입안에서만 뱅뱅 돈다. 끝없는 고난의 연속이다.

내일 일은 내일 생각하기로 했다. 오늘 일부터 해결하자. 숙소가 여기서 얼마나 걸리느냐고 물으니 세상에나 1킬로미터는 가야 한다네. 안내소 직원분한테 하소연과 넋두리를 쏟아냈다. 뜬봉샘에서 여기까지 어쩌고저쩌고, 폐쇄된 방화동마실길을 헤쳐오느라 도저히 더 걸을 힘이 없다…. 차로 데려다주시면 안 되느냐고 울상 섞인 부탁을 했다. 우리 이야기를 한참 듣더니 자기는 운전을 못 한다며 잠시 고민하다가 한 사람을 급히 부른다. 차로 데려다줄 분이라면서. 그저 고맙고 감사하고 성은이 망극하나이다.

운전해주실 분이 우리더러 그 길을 어떻게 넘어왔느냐고 안타까움 그득한 말을 건넨다. 전화됐다 뭐 하냐고, 통화라도 했으면 데리러 갈 수도 있었다는 목소리에 마음이 푹 녹는다. 말씀만으로도 마음고생이 반쯤은 덜어진 기분이다. 고마운 김에 용기를 좀 냈다. 내일 장수 읍내로 나가야 하는데 혹시 차를 얻어탈 수 있는지 슬쩍 여쭈었지. 아침 일찍 다른 볼일이 있으시다네. 아쉽지만 그건 우리 힘으로 어떡하든 해봐야지. 숙소까지 차로 온 것만 해도 어딘데.

묵을 방에 도착했다. 밤 9시가 넘었다. 무려 7시간 넘게 짊어지고 온 먹을거리들을 다 풀어헤쳤다. 이것들 덕분에 남편은 양어깨에 빨간 멍까지 들어버렸나. 좋아, 모두 다 먹고 가수리! 라면 끓이고 전기밥솥에 밥 안치고. 밤 10시 다 돼서야 저녁 밥상을 차렸다. 양껏 배를 채우고는 너무

지친 나머지 이불 위에 쓰러졌다. 휴양림에서 보내는 밤을 이렇게나 짧게 끝내다니. 아깝구나, 아까워.

다음 날 아침. 몸이 가뿐하다. 역시 휴양림 잠은 질이 좋구나. 젖은 숲길 헤치면서 걷느라 흠뻑 젖은 옷들을 아침 햇볕에 맡겼다. 다행히 입고 나갈 수 있게끔은 말랐다. 숙소 베란다 너머로 보이는 풍취가 상큼하다. 어제는 어둡고 힘들어서 경치고 뭐고 보이지도 않았다. 이제라도 휴양림 구경을 해야지. 주먹밥 아침을 먹고는 더 미련 두지 않고 숙소를 빠져나왔다. 지난밤 차로 후딱 올라온 길을 천천히 걸으며 마음껏 즐겼다. 맑은 물소리가 끊임없이 귀를 적신다. 울창한 산이 감싸고 있는 얕고 깨끗한 물가. 방화동 계곡이 유명하다고 들었는데 그럴 만하구나 싶더라. 바라보는 것만으로도 눈이 호사하는 느낌이다.

맑은 공기 마시며 느긋하게 산책하다가 표지판 하나를 보았다. 마실길 어쩌고 써 있네. 저 길엔 또 어떤 미로를 숨겨놓았으려나. 화살표가 가리키는 쪽을 흘낏 올려다본다. 어제 걸은 산길만큼은 아녀도 상당히 무성하고 외진 길이 기다리고 있을 것만 같다. 살짝 군침이 도는 건 또 뭐지? 문득 방화동마실길을 '오지 체험'처럼 프로그램으로 만들면 어떨까 싶더라. 자연 그대로를 간직하고 있는 산길은 찾아보기 쉽지 않기 때문에 더 그런 생각이 든다. 아예 오지를 탐험하는 마음으로 걷는다면 어제 그 길도 상당히 재밌을 듯한데. 사람 발길, 손길이 덜 탄 곳은 그 자체로 무척 매력 넘치는 곳이 될 테니까.

죽 늘어서 있는 텐트들이 보인다. 어쩌면 여긴 캠핑족들이 핵심 고객일지도 모르겠다. 버스가 없는 까닭도 짐작이 간다. 다들 차에 텐트를 싣고 올 텐데 버스가 있은들 탈 사람이 없을 테지. 텐트는커녕 차도 없는 우리 부부. 이렇게 외진 휴양림에 감히 걸어서 오고, 걸어서 나갈 계획을 잡다니. 그 덕에 예상치 못한 경험을 톡톡히 했으니 그걸로 됐지 뭐. 돈 주고는 절대 못 살, 무섭고도 짜릿한 추억을 남겼으니까.

사람 손길 덜 탄 '청정장수'가 좋다

"청정장수를 찾아주신 여러분 환영합니다."

휴양림을 막 지날 즈음 현수막에 쓰인 글귀가 보였다. 우리 부부가 환영받은 게 맞는지는 잘 모르겠지만 '청정장수'만큼은 동의가 된다. 보아라, 이 얼마나 푸릇하고도 맑은 풍경들인고. 짙푸른 산과 시퍼런 하늘. 둥실둥실 솜을 펼쳐놓은 듯 떠 있는 새하얀 구름. 이것만으로도 어제 힘들고 속상했던 마음은 충분히 보상받은 느낌이다. 마음이 한결 너그러워진다. 유명한 관광지가 적어서 사람 손길을 덜 탄 고장, 산 좋고 물 좋은 장수. 마음에 든다. 어제 보낸 시간 진심으로 후회 없음!

여기서 잠깐, 버스 이야기를 좀 해야겠다. 장수 읍내로 나가는 버스가 정말로 없는지 못내 궁금하여 버스터미널에 직접 전화를 해봤다. 진짜로 역시나 없단다. 무슨 방법이 없느냐고 다시 물었다. 나가는 차 얻어 타면 안 되겠느냐고 그러시네. 우리도 그러고야 싶지. 지난번 여행 때 히치하이킹은 우리 스타일이 아닌 걸로 정한 만큼 다른 방법이 필요했다. 결국 걷는 도리밖에 없었다. 당재터널 지나서 수분리 마을로 내려가는 게 가장 빠른 길이란다. "저, 그 길 사람이 다닐 만한가요?" 했더니 전화 받던 분이 껄껄 웃으며 "그럼요.

오지를 탐험하는 마음으로
걷는다면 어제 그 길도 상당히
재밌을 듯한데. 사람 발길,
손길이 덜 탄 곳은 그 자체로
무척 매력 넘치는 곳이
될 테니까.

차도 별로 없고 걸어갈 수 있어요." 이러신다.

완전 포기하기엔 아직 이르다. 혹시나 해서 번암정류소에도 전화를 걸었다. 방화동 근처로 차가 가기는 하는데 남원으로 빠진단다. 여긴 장수군인데 왜 읍내로 안 가고 다른 고장인 남원시로는 갈까. 지도를 보니까 알겠다. 번암은 장수에서도 맨 아래쪽 동네, 장수읍보다는 남원하고 훨씬 가까워 보였다. 음, 방법은 하나. 당재터널 길을 걷는 수밖에. 몇 시간이 걸리든. 이렇게 화창한 날에 못 걸을 길이 어디 있겠어? 버스에 대한 기대를 내려놓으니 마음이 오히려 편하다. 어제는 잊고 새로운 오늘을 맞이하리. 산 좋고 물 맑은 청정 장수를 남편과 호젓하게 걷는다. 사람 없는 길은 우리 부부 여행에서 거의 고정 코스가 된 듯하다. 그늘을 찾아 잠시 쉬면서 일정을 곱씹었다.

이름만 알고 얼굴은 처음 보게 될 분(아래부터 민중 님)과 정오께에 장수 읍내에서 만나기로 약속돼 있다. 걸어서 가자면 예정보다 시간을 늦춰야 할 것 같아서 민중 님한테 전화를 걸었다. 그런데…. 그 전화 하나로 일정이 확 달라져버렸다. 글쎄, 우리랑 가까운 곳에서 일을 보고 있다지 뭔가.

그래서 여기로 마중을 올 수 있다나. 이게 웬일? 사람 일이란 어찌 될지 모른다더니 여행길도 그러하구나. 이런 행운을 만날 줄이야. 우연찮게 다가온 기회는 바로 붙잡기. 더 걸을 것 없이 느긋하게 기다리기로 했다.

구세주처럼 반가운 민중 님이 드디어 오셨다. 처음 만나는 사이지만 친근감이 무럭무럭 샘솟는다. 덕분에 땀 쪽쪽 빼면서 두 시간은 족히 걸었을 그 길을 차로 시원하게 달렸다. 한 15분이나 지났을까. 벌써 읍내란다. 이렇게 가까운 거리였다니. 장수터미널에 내려 방화동자연휴양림까지 무려 8시간 가까이 걸어야 했던 어제를 생각하니, 문명의 이기가 지닌 힘이 무서울 정도로 크게 느껴진다. 차로 금방 갈 수 있는 길을 우리처럼 돌아, 돌아서 가는 사람은 없을 것만 같다. 무식하게 돌진하는 우리 부부, 그래서 좋다. 그렇지 않았으면 절대로 못 만났을 길이자 경험일 테니까.

내가 정말 농사를 감당할 수 있을까?

점심 먹고 민중 님과 함께 어느 마을을 찾아

갔다. 귀농, 귀촌한 분들이 모여 사는 데라고 한다. 마을회관부터 둘러본다. 우리가 머물 곳이기도 한 이곳. 넓은 마루가 시원해 보인다. 단체로 오기에 딱 좋을 듯한 구조다. 안 그래도 이 마을 분들은 식구나 친구들이 찾아오면 마을회관에서 묵을 수 있도록 한단다. 그것참 좋은 생각이다. 우리도 귀촌하면 이런 공간이 꼭 필요할 텐데. 모르긴 몰라도 많이들 찾아올 테고 또 초대도 많이 할 생각인지라.

이곳저곳 둘러보다 불쑥 오줌이 급해졌다. 민중 님이 알려주는 가까운 측간으로 들어갔다. 이 마을 분들은 거의가 생태 화장실을 쓰고 있단다. 여기서 나온 똥오줌은 거름으로 쓰인다고. 내가 들어선 곳은 겉과 속이 모두 나무로 되어 있고 모양새도 간단했다. 나도 귀촌하게 되면 이런 식으로 깨끗하고 편안한 친환경 화장실을 만들고 싶다. 자연도 지키고 농사를 위해서도 좋은 일 같으니까.

열 가구 언저리가 자리한 마을 곳곳을 차근차근 구경하다가 '윙' 청소기 소리가 나는 한 집에 슬며시 들어갔다. 한 남자분이 환하게 맞이해준다. 이제 귀농 1년 차라는데 좋은 말씀을 마구 쏟아준다. 귀에 쏙쏙 들어오는구나. 게다가 시원한 마실거리까지 내주니 이 아니 좋을쏘냐. 어느 산골 마을에서 차 한잔 나누며 귀농 선배가 들려주는 경험담을 듣는 시간. 행복하고도 푸근했다.

귀농 1년 차 이분은 닭 기르는 일을 한단다. 건강한 유정란을 낳는 닭들이 궁금하여 닭장으로 가보았다. 마을 위쪽에 있었다. 그 둘레에서 닭 여러 마리가 마당 이곳저곳을 신나게 왔다 갔다 한다. 알 낳는 곳부터 닭장 구석구석 둘러보고 빠져나오는 찰나 닭들이 우르르 몰려나온다. 꼭 우리를 배웅이라도 하는 듯하네. 세상 모든 닭들이 이렇게 지낼 수 있다면 참 좋을 텐데 말이다. 꽉 막힌 좁은 닭장에서 기계처럼 달걀을 생산해내는 그 수많은 닭들이 애처롭게 떠올랐다.

마을 구경도 얼추 했고 슬슬 일을 좀 해야겠다. 농사일도 거들지 않고 밥을 축낼 수는 없으니 말이다. 먼저 민중 님이 꾸리는 비닐하우스에 들렀다. 모종이 자라고 있다. 어찌다 물을 제대로 못 주면 모종이 다 죽어버리기도 한단다. 우리도 나중에 모종 때문에 고생 좀 하려나? 농사는 정말 신경 쓸 일이 많기도 하구나. 시작도 안 했는데 자꾸만 걱정이 드네, 원.

이어서 고구마밭으로 향했다. 군데군데 잡초가 장난이 아니다. 우리가 할 일은 김매기. 해는 여전히 쨍쨍하다. 보통 농부들은 한여름 오후에 일을 하지 않는다고 들었지만 우리야 반나절 하면 고만인 것을. 꾸역꾸역 뙤약볕 밑에서 밭을 맸다. 밭농사는, 그것도 유기농업은 김매기와 하는 전쟁이라더니 그 말이 딱 맞다. 이렇게 힘들 줄이야. 이미 한 번 풀을 잡은 밭이라는데도 그렇다. 밭일이여, 밭일이여. 내가 정말로 귀촌하여 이 일을 감당해낼 수 있을까?

학교에서 돌아온 민중 님 딸아이가 밭으로 왔다. 어른들이 김매기할 때 옆에서 끝말잇기 놀이도 하고, 고구마꽃이 피었다고 알려주기도 한다. 그렇게 밭 사이를 노니는 아이 모습이 너무 예쁘고 소중하기만 했다. 더구나 이 어린이는 오이며 고추며 토마토며 밭에서 난 먹을거리들을 무척이나 잘 먹는다. 다른 집 엄마들이 보면 정말 부러워할 모습일 테지. 일하는 중간에 참으로 오이를 먹었다. 와, 과일보다도 맛있다. 이게 이렇게나 달콤

한 맛이 나는 채소였던가. 건강하게 농사지은 남새는 이런 맛이구나. 서울에 살면서 그저 사 먹기만 했던 오이 맛이 어땠는지 생각조차 잘 안 난다. 내가 직접 키우고 가꾸면 또 얼마나 맛있을꼬! 다시금 귀촌을 잘해야겠다는 결심을 굳혀본다. 싱싱한 시골 오이가 그런 생각을 절로 불러일으키더라니.

해 질 녘까지 고구마밭을 매고서 저녁 밥상을 맞이했다. 농사일 마치고 더불어 몸을 부린 사람들과 함께하는 다복한 자리. 땡볕에 땀 뻘뻘 흘릴 때, 밭을 기다시피 하며 손아귀가 아프도록 풀을 뽑아내면서 이 순간을 얼마나 기다렸는지. 늦은 밤까지 민중 님 부부가 들려주는 이야기는 정말 생생하게 살아 있는 경험담이었다. 귀촌을 고민하는 우리 부부한테 참으로 소중하고 귀한 시간이었다.

삶의 터전과 방향을 바꾸는 일

많은 것을 듣고 느꼈던 시간을 뒤로하고 숙소로 점찍어둔 마을회관에 갔다. 여운이 남아 바로 잠들지는 못하겠더라. 밤하늘 별빛을 보며 남편이랑 이런저런 이야기들을 나눈다. 시골살이를 진지하고 깊이 있게 고민하자니 서로 할 말이 많다. 그러다가 조금 다툼이 생기기도 했다. 보통은 뜻이 잘 맞아서 웬만하면 싸우지 않는 우리인데…. 이 또한 귀촌을 준비하는 과정에 어쩔 수 없이 따라오는 시간이겠지. 그만큼 삶의 터전과 방향을 바꾸는 일은 크고 어려운 결정이라는 것을 깨닫게 된다.

다음 날 시끌벅적한 소리에 잠이 깼다. 조금 있다 여기서 아이들 수업이 있단다. 급하게 가방을 정리하고 마을회관을 나왔다. 햇볕이 무지무지 뜨겁다. 어떻게 이른 아침부터 해가 이렇게나 따가울 수 있지? 농촌에서 여름이면 새벽 4시부터 일어나 일한다는 말이 실감이 난다. 이런 열기 속에서 일했다가는 정말 큰일 날 듯하다. 앞으로 시골에 살게 되면 이 뜨거운 햇볕을 피해 농사를 지어야 할 텐데 잘할 수 있을까. 놀면서 바라보는 하늘이랑 일하면서 바라보는 하늘은 참 많이 다를 테지?

아침 하늘을 올려다본다. 정말 파랗다. 저 찬

란한 색깔을 파랗다고만 말하는 게 미안할 정도다. 이런 풍경을 대체 뭐라고 표현해야 조금이라도 비슷한 느낌을 줄 수 있을까? 가슴이 뻥 뚫리는, 그러면서도 감동이 벅차오르고 빨려 들어갈 것만 같은 풍경. 큰 찻길마저도 여기서는 하늘과 산이랑 어울려 보인다. 산도 하늘도 이 정도 찻길은 너그럽게 안아주는 것만 같다. 사람들 삶에 꼭 필요한 길이니 함께 더불어 잘 살자꾸나 하면서.

고속버스터미널까지는 걸어서 한 시간쯤 걸렸다. 10시 10분 차가 있다. 다행이다. 이걸 놓치면 오후 2시는 넘어야 서울 가는 차가 있으니 열심히 걸은 보람이 있다. 터미널 옆 빵집에 들렀다. 지난번에도 다녀간 적이 있는 곳이다. 그때 빵 네 개를 사니 덤으로 하나를 더 주었다. 이번에도 혹시나 했는데 역시나 덤을 안겨준다. 모든 손님한테도 다 그런 건지, 주인장께서 덤으로 주고 싶은 마음이 들 때 마침 내가 들른 건지. 까닭이 뭔지는 모르겠지만 기분이 좋다. 넉넉하고 푸근한 인심에 이 고장에 대한 느낌이 디욱 좋아진다. 이른바 '빵 덤'이 주는 힘!

고속버스 안이 시원하고 아늑하다. 여행 다니

면서 자주 타게 된 전북고속. 이젠 친근한 느낌마저 드네. 이 생각 저 고민에 잠은 안 오고 자꾸 창밖을 보게 된다. 장수라는 곳, 내 삶에 어떤 의미로 다가오게 될까. 과연 우리 부부와 인연이 있는 고장이 될 것인가. 민중 님한테 얻은 잡지 두 개를 찬찬히 들여다봤다. 『뜬봉샘』이랑 『논개고을 푸른장수』다. 왜 그런지 『뜬봉샘』에 자꾸 눈길이 더 끌린다. 어쩌자고 잡지 이름까지 마음고생, 몸 고생 톡톡히 시킨 그곳과 같은 건지. 손에 쥔 이 책자가 우리 부부한테 한 번 보고 말 잡지가 될지, 아니면 우리 삶과 계속 이어질 징검다리가 될지 정말로 궁금하다. 몇 쪽 펼쳐보다 보니 스르르 눈이 감기려 한다. 창밖을 보며 떠나오는 고장에 마지막 인사를 건넨다.

"청정장수야, 짜릿하게 힘들었지만 정말 잊을 수 없는 시간이었어. 서울 가도 많이 생각날 거 같아. 다시 만날 그날까지 우리 서로 안녕하길!"

에필로그

휴양림 여행이 안겨준 특별한 선물, 귀촌

퇴사 기념 힐링과 새로운 삶터 찾기. 두 가지 애틋한 바람을 지니고 떠났던 여행은 전라도와 경상도, 충청도, 강원도를 아우르며 6개월 가까이 이어졌다. 휴양림을 징검다리 삼아, 자연의 보살핌을 받으며 나를 만나는 시간…. 그 속에서 몸과 마음에 쉼은 더할 나위 없이 이루었다. 그리고 그해 가을, 우리 부부는 정말로 귀촌을 했다. 휴양림 여행만 두 번을 떠난 곳, 바로 전북 장수군이다. 인구 2만 안팎에 첩첩이 산으로 둘러싸인 고장. 서울 살 때는 그 이름조차 낯설기만 했던 이곳으로 진짜 오고야 말았으니, 세상에 이런 일이!

와룡자연휴양림과 방화동자연휴양림을 찾아시 오지 팀힘하듯 긴고 헤매딘 순간순간들. 무딘히도 고생이 많았지만 꾸밈없고 때 묻지 않은 자연환경만큼은 무척 마음에 들었다. 짙푸른 하늘

과 깊은 물, 끝없이 이어지는 높고 낮은 산들. 청
정하고 고요한 시공간 속에서 숨통이 확 트였다.
사람 없고 차가 드문드문한 시골길도 느긋하기만
했다. 인구 1,000만 도시와 2만 고장의 간극은 고
즈넉한 매력으로 나를 사로잡았다. 더구나 다른
지역보다 땅값이 조금이라도 낮은 편이라지 않는
가. 지갑 얇은 우리한텐 무엇보다 큰 장점. '밀당'
은 아무나 하나. 더 재고 말고 할 것 없이 마음을
정했다. 장수에서 제2의 인생을 시작하자!

걱정과 설렘을 엇비슷이 껴안고 시작한 귀촌
살이. 친환경으로 직접 기른 농작물을 몸에 담고,
산과 들에 펼쳐진 온갖 나물을 정성껏 채취했다.
산야초 효소를 담그고, 그토록 원하던 나물밥상
도 마음껏 먹을 수 있는 나날들. 마냥 좋아서 웃는
날들이 이어졌다. 모르는 것투성이라 어리둥절하
고, 고된 농사일에 풀썩 나둥그러지기 일쑤였지
만 신기하고 재미난 순간들이 훨씬 더 많았다. 그
이야기들을 엮어 책을 펴내기까지 했으니. 산골
혜원 작은 행복 이야기를 담은 『이렇게 웃고 살아
도 되나』가 그 주인공이다. 밭을 일구며 글농사도

짓는 산골 작가. 물 흐르듯 자연스레 새로운 삶이 내 앞에 다가왔다.

그때 이곳저곳 신나게 떠돌지 않았다면 지금 이 자리에 둥지를 틀기까지 더 긴 시간이 걸렸을까. 어쩌면 여전히 도시를 벗어나지 못한 채 꾸역 꾸역 살아가고 있을지도 모를 일이다. 잊지 못할 추억뿐 아니라 귀촌이라는 특별한 선물까지 안겨준 휴양림 여행. 그 생생한 순간들이 쉼과 안식이 필요한 누군가에게 위안이 될 수 있다면, 답답한 현실에서 일탈을 꿈꾸는 사람들에게 작은 용기라도 심어줄 수 있다면, 그보다 더한 기쁨은 없을 것 같다. 무너질 듯 버거운 나날 속에서 넘어지고 부딪치면서라도 한 발 두 발 나아가고자 애쓰는 많은 이들에게 이 책을 다릿돌 삼아 존경과 응원을 보내고 싶다.

유난히 추웠던 지난겨울. 글과 씨름하며 시린 마음을 보듬었다. 칠흑 같은 밤 슬며시 찾아드는 외로움도 글지를 동무 삼아 살살 밀어낼 수 있었다. 이 책은 그렇게 산골 겨울을 견디는 힘이 되어주었다. 남모르게 간직해온 이야기를 세상 밖으로 끄집어낼 수 있도록 기회와 용기를 준 산지니 출판사에 깊은 고마움을 전하고 싶다. 끝으로 수줍게 새기고 싶은 말. 철없는 아내와 여행길도 인생길도 언제나 함께해온 남편에게 진실한 사랑을 띄운다. 당신과 함께라면 다가올 시간도 지속가능한 아름다움으로 소복이 채워갈 수 있으리. 그것만으로도 더할 나위 없이 따스하고 충만하다. 새봄을 맞이하는 지금 이 순간.

부록

전국 지역별 자연휴양림 정보

인천/경기

이름	전화번호	주소	숙박 시설	야영장
국립 휴양림				
무의도 자연휴양림	(032) 751-0426	인천 중구 하나개로 74	o	x
산음 자연휴양림	(031) 774-8133	경기 양평군 단월면 고북길 347	o	o
아세안 자연휴양림	(031) 871-2796	경기 양주시 백석읍 기산로 472	o	x
운악산 자연휴양림	(031) 534-6330	경기 포천시 화현면 화동로 184	o	x
유명산 자연휴양림	(031) 589-5487	경기 가평군 설악면 유명산길 79-53	o	o
중미산 자연휴양림	(031) 771-7166	경기 양평군 옥천면 중미산로 1152	o	o
공립 휴양림				
강씨봉 자연휴양림	(031) 8008-6611	경기 가평군 북면 논남기길 520	o	x
고대산 자연휴양림	(031) 834-2200	경기 연천군 신서면 고대산길 84-79	o	o
동두천 자연휴양림	(031) 860-3257	경기 동두천시 탑동가산로 1	o	x
서운산 사연휴앙림	(031) 6/8-2913	경기 안성시 금광면 배티로 185-39	o	o
석모도 자연휴양림	(032) 932-1100	인천 강화군 삼산면 삼산서로 39-75	o	x
양평쉬자파크	(031) 770-1009	경기 양평군 양평읍 쉬자파크길 193	o	x

용문산 자연휴양림	(031) 775-4005	경기 양평군 양평읍 약수사길 78-14	o	o
용인 자연휴양림	(031) 336-0040	경기 용인시 처인구 모현읍 초부로 220	o	o
의왕바라산 자연휴양림	(031) 8086-7482	경기 의왕시 바라산로 84	o	o
천보산 자연휴양림	(031) 538-3555	경기 포천시 원동교길 309	o	x
축령산 자연휴양림	(031) 8008-6690	경기 남양주시 수동면 축령산로 299	o	o
칼봉산 자연휴양림	(031) 8078-8062	경기 가평군 가평읍 경반안로 454	o	x

사립 휴양림

양평설매재 자연휴양림	(031) 772-5955	경기 양평군 옥천면 용천로 510	o	o
청평 자연휴양림	(031) 584-0528	경기 가평군 청평면 북한강로2246번길 8-6	o	x

강원

이름	전화번호	주소	숙박 시설	야영장

국립 휴양림

가리왕산 자연휴양림	(033) 562-5833	강원 정선군 정선읍 가리왕산로 791	o	o
검봉산 자연휴양림	(033) 574-2553	강원 삼척시 원덕읍 임원안길 525-145	o	o
대관령 자연휴양림	(033) 641-9990	강원 강릉시 성산면 삼포암길 133	o	o
두타산 자연휴양림	(033) 334-8815	강원 평창군 진부면 아차골길 132	o	o
미천골 자연휴양림	(033) 673-1806	강원 양양군 서면 미천골길 115	o	o
방태산 자연휴양림	(033) 463-8590	강원 인제군 기린면 방태산길 241	o	o
백운산 자연휴양림	(033) 766-1063	강원 원주시 판부면 백운산길 81	o	x

복주산 자연휴양림	(033) 458-9426	강원 철원군 근남면 하오재로 818	O	X
삼봉 자연휴양림	(033) 435-8536	강원 홍천군 내면 삼봉휴양길 276	O	O
용대 자연휴양림	(033) 462-5031	강원 인제군 북면 연화동길 7	O	O
용화산 자연휴양림	(033) 243-9261	강원 춘천시 사북면 사여골길 294	O	O
청태산 자연휴양림	(033) 343-9707	강원 횡성군 둔내면 청태산로 610	O	O
화천 숲속야영장	(033) 441-4466	강원 화천군 간동면 배후령길 1144	X	O

공립 휴양림

가리산 자연휴양림	(033) 435-6034	강원 홍천군 두촌면 가리산길 426	O	O
강릉임해 자연휴양림	(033) 644-9483	강원 강릉시 강동면 율곡로 1715-85	O	X
강원숲체험장	(033) 248-6600	강원 춘천시 서면 납실길 107-64	O	X
광치 자연휴양림	(033) 482-3115	강원 양구군 국토정중앙면 광치령로1794번길 265	O	X
두루웰 숲속문화촌	(033) 450-5198	강원 철원군 갈말읍 지경1 길 69	O	O
망경대산 자연휴양림	(033) 375-8765	강원 영월군 산솔면 선도우길 177	O	X
송이밸리 자연휴양림	(033) 670-2644	강원 양양군 양양읍 고노동길 98-50	O	X
집다리골 자연휴양림	(033) 243-8920	강원 춘천시 사북면 화악지암1길 129	O	X
치악산 자연휴양림	(033) 762-8288	강원 원주시 판부면 휴양림길 66	O	O
태백고원 자연휴양림	(010) 5112-1360	강원 태백시 머리골길 153	O	O
평창 자연휴양림	(033) 339-9028	강원 평창군 봉평면 팔송로 285	O	O
하추 사연유양림	(033) 461-0056	강원 인제군 인제읍 하추로 686	O	O

사립 휴양림

삼척활기 자연휴양림	(033) 574-0032	강원 삼척시 미로면 준경길 651-59	O	X

이름	전화번호	주소	숙박시설	야영장
피노키오 자연휴양림	(033) 764-3007	강원 원주시 신림면 소야1 길 72	o	o
횡성 자연휴양림	(033) 344-3391	강원 횡성군 갑천면 정포로 430번길 113	o	o

충북

이름	전화번호	주소	숙박 시설	야영장
국립 휴양림				
상당산성 자연휴양림	(043) 216-0052	충북 청주시 청원구 내수읍 덕암2길 162	o	x
속리산말티재 자연휴양림	(043) 543-6282	충북 보은군 장안면 속리산로 256	o	x
황정산 자연휴양림	(043) 421-0608	충북 단양군 대강면 황정산로 239-11	o	o
공립 휴양림				
계명산 자연휴양림	(043) 870-7930	충북 충주시 충주호수로 1170	o	x
문성 자연휴양림	(043) 870-7911	충북 충주시 노은면 우성1 길 191	o	o
민주지산 자연휴양림	(043) 740-3437	충북 영동군 용화면 휴양림길 60	o	o
박달재 자연휴양림	(043) 652-0910	충북 제천시 백운면 금봉로 223	o	o
백야 자연휴양림	(043) 878-2556	충북 음성군 금왕읍 백야로 461-97	o	o
봉황 자연휴양림	(043) 870-7920	충북 충주시 중앙탑면 수룡봉황길 540	o	o
생거진천 자연휴양림	(043) 539-3554	충북 진천군 백곡면 명암길 435-135	o	o
성불산 자연휴양림	(043) 830-2679	충북 괴산군 괴산읍 충민로기곡길 78	o	o
소백산 자연휴양림	(043) 423-3117	충북 단양군 영춘면 하리방터길 180	o	x
소선암 자연휴양림	(043) 422-7839	충북 단양군 단성면 대잠2 길 15	o	x

속리산숲체험 휴양마을	(043) 540-3220	충북 보은군 속리산면 속리산로 596	o	x
수레의산 자연휴양림	(043) 878-2013	충북 음성군 생극면 차생로 310-108	o	o
옥전 자연휴양림	(043) 641-6893	충북 제천시 봉양읍 옥전길 195	o	x
옥화 자연휴양림	(043) 270-7384	충북 청주시 상당구 미원면 운암옥화길 140	o	o
장령산 자연휴양림	(043) 733-9615	충북 옥천군 군서면 장령산로 519	o	o
조령산 자연휴양림	(043) 833-7994	충북 괴산군 연풍면 새재로 1795	o	x
좌구산 휴양랜드	(043) 835-4551	충북 증평군 증평읍 솟점말길 107	o	o
충북알프스 자연휴양림	(043) 543-1472	충북 보은군 산외면 속리산로 1880	o	x

대전/충남/세종

이름	전화번호	주소	숙박 시설	야영장
국립 휴양림				
오서산 자연휴양림	(041) 936-5465	충남 보령시 청라면 오서산길 531	o	o
용현 자연휴양림	(041) 664-1971	충남 서산시 운산면 마애삼존불길 339	o	o
희리산해송 자연휴양림	(041) 953-2230	충남 서천군 종천면 희리산길 206	o	o
공립 휴양림				
공주 산림휴양마을	(041) 855-0855	충남 공주시 수원지공원길 222	o	o
금강 자연휴양림	(041) 635-7400	세종특별자치시 금남면 산림박물관길 110	o	o
금산 산림문화타운	(041) 753-5706	충남 금산군 남이면 느티골길 200	o	o
만수산 자연휴양림	(041) 832-6561	충남 부여군 외산면 휴양로 107 삼산리 산 40번지	o	o

만인산 자연휴양림	(042) 270-8651	대전 동구 산내로 106	o	x
봉수산 자연휴양림	(041) 339-8936	충남 예산군 대흥면 임존성길 153	o	x
성주산 자연휴양림	(041) 934-7133	충남 보령시 성주면 화장골길 57-228	o	o
안면도 자연휴양림	(041) 674-5019	충남 태안군 안면읍 안면대로 3195-6	o	x
양촌 자연휴양림	(041) 746-6481	충남 논산시 양촌면 매죽헌로1723번길 176- 23	o	o
영인산 자연휴양림	(041) 538-1958	충남 아산시 영인면 아산온천로 16-26	o	o
용봉산 자연휴양림	(041) 630-1785	충남 홍성군 홍북읍 용봉산 2길 87	o	x
장태산 자연휴양림	(042) 583-0094	대전 서구 장안로 461	o	o
칠갑산 자연휴양림	(041) 940-2428	충남 청양군 대치면 칠갑산로 668-103	o	o
태학산 자연휴양림	(041) 529-5108	충남 천안시 동남구 풍세면 휴양림길 105-2	o	o

살짜쿵 휴양림

대구/경북

이름	전화번호	주소	숙박시설	야영장
국립 휴양림				
검마산 자연휴양림	(054) 682-9009	경북 영양군 수비면 검마산길 191	○	○
대야산 자연휴양림	(054) 571-7181	경북 문경시 가은읍 용추길 31-35	○	○
운문산 자연휴양림	(054) 373-1327	경북 청도군 운문면 운문로 763	○	○
청옥산 자연휴양림	(054) 672-1051	경북 봉화군 석포면 청옥로 1552-163	○	○
칠보산 자연휴양림	(054) 732-1607	경북 영덕군 병곡면 칠보산길 587	○	○
통고산 자연휴양림	(054) 783-3167	경북 울진군 금강송면 불영계곡로 880	○	○
공립 휴양림				
구수곡 자연휴양림	(054) 783-2241	경북 울진군 북면 십이령로 2721	○	○
군위장곡 자연휴양림	(054) 380-6317	경북 군위군 삼국유사면 장곡휴양림길 195	○	X
금봉 자연휴양림	(054) 833-0123	경북 의성군 옥산면 휴양림길 114	○	X
독용산성 자연휴양림	(054) 930-8401	경북 성주군 금수면 사더래길 144	○	X
문수산 자연휴양림	(054) 674-3700	경북 봉화군 봉성면 시거리길 378	○	○
미숭산 자연휴양림	(054) 950-7407	경북 고령군 대가야읍 낫질로 672-99	○	X
보현산 자연휴양림	(054) 336-6618	경북 영천시 화북면 배나무정길 334	○	○
비슬산 자연휴양림	(053) 659-4400	대구 달성군 유가읍 일연선사길 61	○	○
비학산 자연휴양림	(054) 252-3275	경북 포항시 북구 기북면 비학산길 302	○	○
성주봉 자연휴양림	(054) 541-6512	경북 상주시 은척면 성주봉로 3	○	○
송정 자연휴양림	(054) 979-6600	경북 칠곡군 석적읍 반계3길 88	○	○

수도산 자연휴양림	(054) 435-5128	경북 김천시 대덕면 증산로 326-71	o	x
안동계명산 자연휴양림	(054) 850-4700	경북 안동시 길안면 고란길 207-99	o	o
안동호반 자연휴양림	(054) 855-3371	경북 안동시 도산면 동부리 37	o	x
영양에코둥지 (흥림산)	(054) 680-5050	경북 영양군 일월면 재일로 2394-70	o	x
옥성 자연휴양림	(054) 480-2080	경북 구미시 옥성면 휴양림길 150	o	o
운주산승마 자연휴양림	(054) 330-2770	경북 영천시 임고면 승마휴양림길 105	o	o
청도 자연휴양림	(054) 371-9200	경북 청도군 각북면 비슬산길 111-25	o	o
청송 자연휴양림	(054) 872-3163	경북 청송군 부남면 청송로 3478-96	o	x
토함산 자연휴양림	(054) 750-8700	경북 경주시 문무대왕면 불국로 1208-45	o	o
팔공산금화 자연휴양림	(054) 971-1551	경북 칠곡군 가산면 가산로 323	o	o
화원 자연휴양림	(053) 659-4455	대구 달성군 화원읍 화원휴양림길 126	o	x

사립 휴양림

학가산우래 자연휴양림	(054) 652-0114	경북 예천군 보문면 휴양림길 210	o	o

살짜쿵 휴양림

부산/경남

이름	전화번호	주소	숙박시설	야영장
국립 휴양림				
남해편백 자연휴양림	(055) 867-7881	경남 남해군 삼동면 금암로 658	o	o
달음산 자연휴양림	(051) 722-3023	부산 기장군 일광면 화용길 299-106	o	x
신불산폭포 자연휴양림	(052) 254-2123	울산 울주군 상북면 청수골길 175	o	o
지리산 자연휴양림	(055) 963-8133	경남 함양군 마천면 음정길 152	o	o
용지봉 자연휴양림	(055) 326-0133	경남 김해시 대청계곡길 170-36	o	x
공립 휴양림				
거제 자연휴양림	(055) 639-8115	경남 거제시 동부면 거제중앙로 325	o	o
거창항노화 힐링랜드	(055) 940-7930	경남 거창군 가조면 의상봉길 834	o	x
구재봉 자연휴양림	(070) 8855-8011	경남 하동군 적량면 중서길 60-81	o	x
금원산 자연휴양림	(055) 254-3971	경남 거창군 위천면 금원산길 412	o	o
대봉산 자연휴양림	(055) 964-1090	경남 함양군 병곡면 병곡지곡로 333	o	x
대봉캠핑랜드	(055) 960-6540	경남 함양군 병곡면 원산지소길 192	o	o
대운산 자연휴양림	(055) 379-8670	경남 양산시 탑골길 270	o	o
밀양도래재 자연휴양림	(055) 355-0200	경남 밀양시 단장면 도래재로 462	o	o
사천케이블카 자연휴양림	(055) 835-9524	경남 사천시 실안길 242-45	o	o
산삼 자연휴양림	(055) 964-9886	경남 함양군 서상면 가브내길 202-1	o	x
산청한방 자연휴양림	(055) 970-6951	경남 산청군 금서면 동의보감로555번길 186	o	o
오도산 자연휴양림	(055) 930-3742	경남 합천군 봉산면 오도산휴양로 208	o	o

용추 자연휴양림	(055) 963-8702	경남 함양군 안의면 용추휴양림길 260	o	o
자굴산 자연휴양림	(055) 572-0030	경남 의령군 가례면 자굴산휴양로 23	o	o
진주월아산 자연휴양림	(055) 746-3673	경남 진주시 진성면 달음산로 313	o	o
하동편백 자연휴양림	(070) 8994-0717	경남 하동군 옥종면 돌고지로 1088-51	o	x
화왕산 자연휴양림	(055) 533-2332	경남 창녕군 고암면 청간길 128-126	o	o

사립 휴양림

덕원 자연휴양림	(055) 884-0650	경남 하동군 옥종면 종화리 산 66	o	x
중산 자연휴양림	(055) 974-2757	경남 산청군 시천면 지리산대로 496-101	o	o

전북

이름	전화번호	주소	숙박 시설	야영장

국립 휴양림

덕유산 자연휴양림	(063) 322-1097	전북 무주군 무풍면 구천동로 530-62	o	o
변산 자연휴양림	(063) 581-9977	전북 부안군 변산면 변산로 3768	o	x
신시도 자연휴양림	(063) 464-5580	전북 군산시 옥도면 신시도길 271	o	x
운장산 자연휴양림	(063) 432-1193	전북 진안군 정천면 휴양림길 77	o	o
회문산 자연휴양림	(063) 653-4779	전북 순창군 구림면 안심길 214	o	o

공립 휴양림

고산 자연휴양림	(063) 263-8680	전북 완주군 고산면 고산휴양림로 246	o	o
데미샘 자연휴양림	(063) 290-6993	전북 진안군 백운면 데미샘 1길 172	o	x
방화동 자연휴양림	(063) 350-2474	전북 장수군 번암면 방화동로 778	o	o

살짜쿵 휴양림

이름	전화번호	주소	숙박시설	야영장
와룡 자연휴양림	(063) 350-2477	전북 장수군 천천면 비룡로 632	o	o
향로산 자연휴양림	(063) 322-6884	전북 무주군 무주읍 무학로 153-36	o	o
흥부골 자연휴양림	(063) 636-4032	전북 남원시 인월면 구인월길 125	o	o

사립 휴양림

이름	전화번호	주소	숙박시설	야영장
남원 자연휴양림	(063) 633-5333	전북 남원시 보산로 228	o	o

전남

이름	전화번호	주소	숙박 시설	야영장
국립 휴양림				
낙안민속 자연휴양림	(061) 754-4400	전남 순천시 낙안면 민속마을길 1600	o	x
방장산 자연휴양림	(061) 394-5523	전남 장성군 북이면 방장로 353	o	o
진도 자연휴양림	(061) 542-2346	전남 진도군 임회면 동령개길 1-92	o	x
천관산 자연휴양림	(061) 867-6974	전남 장흥군 관산읍 칠관로 842-1150	o	o
공립 휴양림				
광양백운산 자연휴양림	(061) 797-2655	전남 광양시 옥룡면 백계로 337	o	o
백아산 자연휴양림	(061) 379-3737	전남 화순군 백아면 수양로 353	o	x
산수유 자연휴양림	(061) 780-8017	전남 구례군 산동면 정산길 251	o	x
순천 자연휴양림	(061) 749-8948	전남 순천시 서면 청소년수련원길 170	o	o
여수봉황산 자연휴양림	(061) 643-9180	전남 여수시 돌산읍 대복길 160	o	o
완도 자연휴양림	(061) 550-3570	전남 완도군 완도읍 대야일구1길 115	o	x
제암산 자연휴양림	(061) 852-4434	전남 보성군 웅치면 대산길 330	o	o

주작산 자연휴양림	(061) 430-3306	전남 강진군 신전면 주작산길 262	o	o
팔영산 자연휴양림	(061) 830-6990	전남 고흥군 영남면 팔영로 1347-418	o	o
한천 자연휴양림	(061) 379-3734	전남 화순군 한천면 죽헌로 719	o	o
흑석산 자연휴양림	(061) 530-5738	전남 해남군 계곡면 산골길 306	o	o

사립 휴양림

무등산편백 자연휴양림	(061) 373-2065	전남 화순군 이서면 안양산로 685	o	x

제주

이름	전화번호	주소	숙박 시설	야영장

공립 휴양림

교래 자연휴양림	(064) 783-7482	제주특별자치도 제주시 조천읍 남조로 2023	o	o
붉은오름 자연휴양림	(064) 782-9171	제주특별자치도 서귀포시 표선면 남조로 1487-73	o	o
서귀포 자연휴양림	(064) 738-4544	제주특별자치도 서귀포시 1100로 882	o	o
제주절물 자연휴양림	(064) 728-1510	제주특별자치도 제주시 명림로 584	o	x

*출처: 산림휴양통합플랫폼(www.foresttrip.go.kr)

(2023년 3월 기준)

살짜쿵 휴양림

조혜원

기타 치며 노래 부르기, 책에 기대어 마음 보듬는 순간을 아낌없이 사랑한다. 어릴 적 희망은 가수였으나 초등학교 때 가창 시험 점수가 너무 낮아서 미련 없이 꿈을 접었다. 대학 시절 강의실보다 더 많은 시간을 노래 동아리에서 보내며 사람과 음악 그 사이에서 청춘의 봄날을 누렸다. 햇병아리 취재기자로 시작한 사회생활은 출판사 편집자로 끝을 맺었다. 좋아하는 글자와 늘 마주하며 먹고살 수 있는 삶이 고맙고 행복했다. 마지막 일터를 서른 후반에 불쑥 그만두고는 인생의 전환점을 찾기로 마음먹었다. 비슷한 시기에 백수가 된 남편과 퇴사 기념 힐링, 새로운 삶터 찾기를 목표로 반년 가까이 여행을 다녔다. 휴양림을 징검다리 삼아 몸과 마음에 쉼을 이루었고 그해 가을, 서울을 떠나 작은 산골짜기에 둥지를 틀었다. 밭을 일구며 글농사도 짓는 산골 작가로 살면서 가끔 울고 자주 웃는 하루하루를 맞이하고 있다. 〈여성신문〉에서 취재기자로 일했고 어린이 잡지 『개똥이네 놀이터』 편집장을 지냈다. 산골 혜원 작은 행복 이야기를 담은 『이렇게 웃고 살아도 되나』를 펴냈으며, 대한민국 개발 잔혹사를 다룬 『여기 사람이 있다』에 공저자로 참여했다.

브런치 brunch.co.kr/@sangolhyewon
인스타 @sangolhyewon